水浒人物之最

马幼垣——著

燕青

张清

孙二娘

徐宁

吴用

柴进

中国友谊出版公司

图书在版编目（CIP）数据

水浒人物之最 / 马幼垣著 . —— 北京：中国友谊出版公司，2023.10

ISBN 978-7-5057-5647-2

Ⅰ. ①水… Ⅱ. ①马… Ⅲ. ①《水浒》研究－人物研究 Ⅳ. ① I207.412

中国国家版本馆 CIP 数据核字（2023）第 103521 号

著作权合同登记号　图字：01-2023-2707

书名	水浒人物之最
作者	马幼垣
出版	中国友谊出版公司
发行	中国友谊出版公司
经销	新华书店
印刷	天津中印联印务有限公司
规格	880×1230 毫米　32 开
	6.5 印张　115 千字
版次	2023 年 10 月第 1 版
印次	2023 年 10 月第 1 次印刷
书号	ISBN 978-7-5057-5647-2
定价	49.00 元
地址	北京市朝阳区西坝河南里 17 号楼
邮编	100028
电话	(010) 64678009

给二残兄刘绍铭

——以志论交三十年之情与趣

自 序

近几年在报纸副刊陆续写了一组围绕若干自成一格的《水浒》①人物的短文。题目随意到而来，不苛求非谈某人不可，更不以所讲梁山人物与非梁山人物之比例为虑。苟自觉有所得，所言又非人云亦云之语便写。写来也没有预定的长度，讲完要说的话即止，故有蛮长的，也有真短的。这些文章虽然各自成篇，串联起来尚成系列。现在合为一书，仍保留各篇独立的格调。排次起来得有秩序，就以涉及的人物在《水浒》书中首次出场的先后为据，而以讲众军官、所谈人物较多的一篇殿后，希望借这安排增加各篇之间的连贯性。

---

① 《水浒》为《水浒传》简称。

各篇选讲的人物既不以梁山诸人为限，凡在招安以前的情节内出现者，不论角色，不计分量，只要觉得他（她）在某方面足称为"最"，有话可说，就可以谈。招安以后才首次出现的人物虽不在讨论之列，招安以后的情节有时还得带上几笔，以便把事情说清楚。即使人物的选谈以招安为止限，可选讲的人物仍几无穷尽。不过现在既在已发表各篇外又添写了讲王伦、宋江、阎婆惜、栾廷玉的四篇，篇数已相当，况且不少没有分列独立篇章的人物其实可说的话已讲得差不多了（如施恩值得讨论的地方全包括在武松和蒋门神两篇内，有关晁盖最重要的事情在卢俊义篇中已有足够交代，鲁智深和李逵的讨论也分见于不少篇章内），工作正好告一段落了。

　　为了说明符合"最"的条件的人物尚有不少待发掘，而我有一名为杨轩的学生刚交来一份题名《最无男人气概的人——杨雄》的习作，分析得颇佳，不妨选录几段精彩的（文字代其稍修改），既可使本书增一话题，复可表明工作真可以续做下去：

　　杨雄是公门中人，任蓟州的两院押狱，同时兼充行刑刽子手。他的背景和戴宗差不多，两人的遭遇却有极大的差别。戴宗不兼充刽子手，故杨雄应比他更具杀气。戴宗在牢中收常例钱（这反映梁山人物对正义感的诠解），杨雄却被流氓欺负勒索。"踢杀羊"张保率众来欺，先抢去杨雄的花红缎子，再"劈胸带住"杨雄，更拖住其手，令他动弹不得。争执间杨雄仅叫了声"这厮们无礼"，什么都"施展不得，只得忍气"，无能之极，又何来"一身好武艺"？

流氓在街上欺负公人，不是小事，怎也不该常见。杨雄的丈人潘公得悉此事，并不惊愕，迅即领五七人来帮忙。看来这种场面潘公已看惯了。还有，潘公见到石秀时，心中欢喜，说了句："我女婿得你做个兄弟相帮也不枉了。公门中出入，谁敢欺压他！"这岂不是说，杨雄这个公人经常在公众场合被人欺负！

入赘潘家此事对杨雄的心理亦必有负面影响。何以说杨雄是入赘的？出嫁从夫，潘巧云却居娘家，与父同住；家中还为其死去的前夫放牌位，做法事。此种事使杨雄在外人面前男性尊严大损。

等到妻子与人通奸一个月了，街知巷闻，甚至有编为歌唱出来的，杨雄竟没有主意致问石秀："贤弟，你怎地教我做个好男子？"荒谬透顶！

潘金莲通奸且杀夫，武松为兄报仇，一刀了结她，然后取心割头来祭武大。虽够恐怖，总算是快刀处理。潘巧云仅犯通奸罪，杨雄可以休之，怎也不致要动用凌迟极刑。杨雄杀妻所搬出来的理由，一是"坏了我兄弟情分"，本已牵强，二是"久后必然被你害了性命"，更成罗织将来的罪了。杀妻之法复极变态之能事。先把潘巧云的衣服头面剥光（在场的石秀和时迁岂非未见证杀人，先享眼福），再绑在树上，斩迎儿示威，然后挖她舌头，再以刀从心窝直割到小肚子下，取出五脏，挂在树上，最后还把她的尸骸剁成肉泥。恐怖程度无以复加。这样做绝非英雄好汉泄愤的表现，而是懦夫掩饰自己胆怯无能的低招。

这样读《水浒》，自然不会堕入陈陈相因、拾人牙慧的窠臼了。

讲完这些，还得交代一下参考资料的情形。

此书不是学府式的著作，写来主要凭感受，故不加注。需要引用参考资料来说明之处不多，也都可以在文中交代清楚。其中一本参考书，情形较复杂，就在这里说明好了。讲述时，偶涉及事件所经历的时间。何心（陆衍文，号澹安，一八九四至一九八〇）曾替《水浒》编年，功夫做得不错。遇到需用此等资料时，我依据他的研究。这些编年资料在他的《水浒研究》中统归一章，用来方便。要指出的是他这书有出版日期相隔颇长、内容有别的三版：一九五四年上海文艺联合出版社（上海）的直排繁体字初版；一九五七年古籍文学出版社（上海）横排简体字修订本；一九八五年上海古籍出版社（上海）横排简体字增订本。代表作者最终意见者当然是一九八五年版；可惜市面流通的此书海盗本竟是用早已作废的一九五四年版影印的。

插图的来源也得讲一讲。那些插图风格各异，很易分辨，故每个来源举一例就够了：

（一）万历后期容与堂刻百回繁本《李卓吾先生批评忠义水浒传》，如页005。

（二）万历间尚不知总回数的简本《京本全像插增田虎王庆忠义水浒全传》，如页059。

（三）万历二十二年余象斗双峰堂刻一百零三回简本《京本增补校正全像忠义水浒志传评林》，如页006。

（四）明版袁无涯、杨定见一百二十回本《忠义水浒传》，如页065。

（五）明末陈老莲（名洪绶）《水浒叶子》（李一氓藏明末清初刻本），如页 012。

（六）明杜堇《水浒人物全图》（朵云轩刻本），如页 078。

（七）金圣叹七十一回本《绣像第五才子书》（顺治十四年醉畔堂本），如页 178。

（八）俞万春《结水浒传》（即《荡寇志》）（咸丰三年初刻本），如页 003。

我不懂电脑，写的草稿又潦乱，幸赖系中秘书黎梅笑贞女士替我小心处理，做出一份漂亮准确的打字稿来。特此一记，以志感激。

正话杂话都讲过了，还得加添一句：读者一定会发现其他合称"最"的人物的，欢迎继续写下去。

二〇〇三年一月十四日晨序于宛珍馆

目　录

最武艺高强却最欠交代之人

——王进

就这个双"最"人物而言，武艺高强当然是比较重要的一"最"。但讲述起来，还是顺序较易说明。

一般读者都有《水浒传》以九纹龙史进为开场人物的印象。如果仅以最终在梁山忠义堂上排座次的一百零八人为限，这样说自然是对的。倘若认为武大郎、潘金莲、阎婆惜等人的重要性远远超过不少分量轻微的忠义堂榜上有名之士（很少读者会记得穆弘、王定六辈究竟做过什么，穆弘还高高排列为天星），便得承认替《水浒》启篇的不是史进，而是太尉高俅最先，继则为史进的恩师京都人王进。高俅的故事在《水浒》书中连绵相继，穿贯全书。王进的故事则仅书首一段，而且还是相当别致、值得讨论的一段。

王进的重要性并不限于带出史进，因而让其他准梁山人马有出场的机会，而在他武艺登峰造极（下文自有交代）。

然而王进神龙见首不见尾，离开史家庄时，说声前往延安投靠老种经略，便去如黄鹤，再无踪影。近年评论《水浒》人物的书籍和文章虽多如牛毛，讲及王进者却很少，原因即在此。

梁山集团在大聚义、排座次后，旋接受朝廷的招安。以后的情节就很不统一。在有分歧的情节当中，征淮西王庆的故事是简本系统独有的。胡适等近代学者以为王庆就是王进的影子，甚至化身。这样讲涉及很多短期内不能解答的复杂问题。因此尽管给胡适等人说对了，就故事而言，京都王进和淮西王庆是不能混作一人的。在王庆的故事里丝毫看不到原先王进的尴尬处境和矛盾心理，也足证明编写王庆故事者并没有要求读者觉得王进和王庆有何关联。

王进的昙花一现，匆匆教就史进这个学习得不错的弟子后，便销声匿迹，有一可能的解释，就是怕在随后描述另一个八十万禁军教头林冲如何英武时产生反效果。

王進

《水浒》对处理小人物的下落，一般并不疏忽。如说明阎婆惜事件中的唐牛儿被刺配充军便是一例。从这角度去看，不管我们能否替王进的有首无尾找对解释，《水浒》这样处理王进始终是书中很特别的个案。

讲完这一点，便可以交代王进更重要的另一"最"。

在云集梁山的善战之士当中，五虎将是足称为梁山武力核心的顶尖儿人物，读者对此鲜有异议。值得讨论的是五虎将之间的次第。《水浒》所开列的次第——关胜、林冲、秦明、呼延灼、董平——并不足以服人。最大的毛病在把高挂祖先招牌，实则上山前落草后表现平凡的关胜封为五虎将之首。论出场的持久性、战斗的纪录和对手武艺的级别，林冲都比其他四人出色。这该是众所同意的话。林冲那八十万禁军教头的招牌也比关胜等四人的地方性武官头衔响亮得多。

这样一说，不难使人想起另一个八十万禁军教头王进来。如果同意林冲武艺高强的话，便得考虑王进会否更胜一筹。

有这样的可能性，理由很简单。

梁山人物当中不少有师徒关系。曹正是林冲的徒弟，孔明、孔亮兄弟从宋江习武，史进开始学艺时拜李忠为师，朱富是李云调教出来的。这些例子反映出一个定律来：即使师父

王教頭私走
延安府

評太公

太公言
妻被子
氣死正
足父母
慶子之
心無所
不至

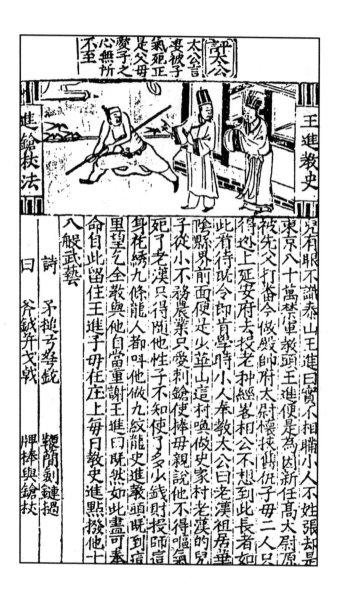

王進教史

進鎗枝法

兒有眼不識泰山毛進曰實不相瞞小人不姓張却是
東京八十萬禁軍教頭王進便是因新任高太尉原
被先父打發來留令做殺師傅太尉懷挾舊仇兒母二人只
得迯上延安府去投老种經畧著相公不想到此長者如
此肯待既令即肯學時小人奉教太公曰老漢祖居華
陰縣界前面便是少華山這村老漢的兒
子從小不務農業只愛刺鎗使棒做史家村老漢說他
妮了老漢只得隨他性子不知使了多少錢財授師這
身花綉九條龍人都叫他做九紋龍史進義既到這
里望乞全教與他自當重謝王進曰既然如此盡可奉
命自此留住王進子毋在庄上每日教史進點撥他十

八般武藝

詩曰

矛搥弓弩銃
鞭簡劍鏈撾
斧鉞并戈戟
牌棒與鎗杈

006

十分了得（林冲），教出来的徒弟也平庸之极（曹正）；师父差劲的话（宋江、李忠），徒弟简直就是窝囊废（孔明、孔亮，和未遇王进以前的史进）。

经王进指点后的史进显然高出这层次很多。有人评谓史进表现平平，随班进出。这是欠公允的话。史进在梁山马将之中属地位仅次于五虎将的八骠骑。若谓其表现不够突出（譬如说和同属八骠骑的杨志比较），那是情节很少给他独当一面的机会的结果。但我们总应记得，他有单挑职业强人跳涧虎陈达、震撼少华山的纪录；更不要忘记他是速成班的产品。

史进虽前曾从七八个师父习艺，所学连根基都谈不上。更严重的是，跟此等差劲的人乱七八糟地学，不错走门径才怪。王进接手，一面纠正，一面教新的东西，必比指导一个从未学过武艺者难多了。更何况王进要在短短大半年光景教足十八般武艺。虽说老师求速授，史进未必学得件件皆精，但一百零八个梁山头目当中有几个十八般武艺全部学足（不说别的，李逵就绝对没有经过整套这样的严格训练）？纵使单凭此立论，史进跟随王进学习的"总成绩"应是不错的。他的武艺也确实远在曹正诸人之上。假如王进不是急于离开史家庄，而能按正常程序教导，史进的武艺必更佳。从徒弟的成绩看老师的功力，王进的武艺应在林冲之上。

另外，《水浒》两次说王进是八十万禁军教头（这点应和王进以十八般武艺整套全授史进的教程并观），而首次介绍林冲时却指明他是八十万禁军枪棒教头。看来王进和林冲之间，在精熟的科目上也有广狭之别。这个超特级高手没有加盟梁山，怎样说来也是山寨的损失。不少《水浒》读者有天下好汉尽聚梁山的印象，这观念有更改的必要。

还有一点。梁山头目个个都有绰号（宋江甚至有两个）。王进没有绰号，岂非一开始就注定他与梁山无缘！

说完这些，尚有一句后话。王进的一去不返，以及其武艺没有在《水浒》中得到好好发挥的机会，早有读者引为憾事。明末清初陈忱自宋江殁后续写为《水浒后传》，即让王进重现，随混江龙李俊称王海外，并受宋高宗册封为五虎将之首。这虽是一个写续书者的心意，代表性还是有的，而且这意见还发表得很早。

最隐形的人物

——老种、小种

　　《水浒》刚开始的时候，甫现旋逸的王进在离开史家庄时，说要往延安投靠老种经略。待他的徒弟史进走投无路，去延安觅师时，却找他不到，因而带出本来随老种经略工作、后来拨在渭州小种经略处当提辖的鲁达（出家后始名鲁智深）。

　　以上诸事，一般读者并不陌生。但老种小种二人和《水浒》情节的交织不限于此；与他们有关者起码尚有二事：（一）病大虫薛永的祖父为老种经略帐前军官，而另一梁山人物通臂猿侯健是薛永的徒弟。（二）金钱豹子汤隆之父（已逝）在老种经略处负责打铁工作。

在串联情节上，老种和小种作用明显。但这二人既从未露面，姓氏复罕见，连名字和二人之间的关系也没有交代，足教读者扑朔迷离。

种（音虫）不是简体字，山西种家在北宋代出名将。老种和小种均确有其人，但不是父子而是年纪差八岁的两兄弟。老种为种师道（一〇五一至一一二六），小种为种师中（一〇五九至一一二六）。他们是北宋种家将的第三代人物。两人均晚年任经略职（即主管一区军民二政的经略安抚使），且同在靖康年间因抗金而殉国。南渡后，宋人感怀二人之遇，神其行，扬其智。然而二人的神话迅为岳飞事迹与故事所取代，其名亦转晦。

《水浒》的编写人去北宋已远，仅知道老种小种的大概事迹，而说不出他们的真正关系了。王进和鲁智深的故事还不够道出真相，但介绍薛永和汤隆时，一下子就讲了好几代之事。依情节而论，老种是一般梁山人物父亲辈甚至祖父辈的年纪了。这也等于误示老种和小种是父子而不是兄弟。

时至今日，如果读者不是看附加注释的新版《水浒》，就无法弄清楚老种小种是谁和他们之间的关系了。

最苦命的好汉

——林冲

"逼上梁山"是大家（包括没有读过《水浒》者）说滑了嘴，而实际并不反映《水浒》内容的话。《水浒》描述豹子头林冲的遭遇，精彩绝伦，悲愤感人，使其人其事活现纸上。大家得到《水浒》以写逼上梁山故事为宗旨的印象，当与林冲故事的感人至深有关系。实则林冲的故事处处异常，绝不能视作梁山头目投归山寨的惯常历程。

在梁山集团接受朝廷招安以前的情节里，武艺首屈一指的，当推王进，居次位者则非林冲莫属。王进没有上梁山，林冲便成为梁山集团中武艺最超卓者。这背景使林冲的凄惨遭遇

七 多 葉

豹子頭林冲

葉名已署江俾身和罷不必明是人

更形突出。

《水浒》夸耀英雄不好色，成家立室往往只堪称交代伦常责任而已。尽管如此，有家室的梁山头目全部携眷而来，在山寨续享家庭乐趣。在上山过程当中，妻子成了牺牲品的秦明，马上可以续弦。这情形使林冲独特之处显露无遗。他与妻子是整本《水浒》书中唯一足称佳偶天成、琴瑟和谐，而且经得起考验，爱情历浩劫而弥坚的夫妇。他俩更是唯一招天忌、遭横祸、尝尽生离死别之痛的夫妇。别人投靠梁山集团以后，可以续弦（秦明），可获美妻（王英），唯有林冲之空室独处从未为兄弟们所关心。宋江赐貌英艺高的一丈青扈三娘给急色短义的矮脚虎王英时，难道他全没有想过论貌量才，林冲和扈三娘始是天造地设的一对？可惜以扈三娘配林冲，政治作用微乎其微，宋江是不会感兴趣的。赐扈三娘给王英，在兄弟间所产生的安抚作用就明显多了，收效快多了。虽换了一个完全不同的生活环境，林冲不能再组织家庭的命运还是改变不了。单看他从享有最美满的家庭生活沦落到永作鳏夫寡人，林冲所受之苦那是别人不可以比拟的。

倘谓不安排林冲续弦是要让妻子之爱地老天荒，永存其心中，也是说不过去的。林冲力排万难去投奔梁山，就是希望在新环境过像人的生活。妻室该是过新生活的一部分，况且其妻在天之灵也希望有人照顾林冲的起居吧。续弦不会使林冲和其元配的爱情褪色，反而能使读者接受林冲是有血有肉、不失凡人本色的英雄好汉。《水浒》的选择却是，不管多少梁山头目有家室，林冲就是不能有。再看另一点，情形也相同。

梁山人物遭刺配者不少，沿途受苦的程度却很有分别。有人平平安安地到达发配地（朱仝、杨志），也有人虽遇意外而能自保（武松），更有逢凶化吉、变充军之行为集友之旅者（宋江）。林冲刺配，则是实危真险，一波接一波。徒具万夫之勇，他却被无赖押差董超、薛霸折磨殆极，赤足穿硬草鞋、沸水泡脚，种种毒招，轮番上场，弄到铁金刚成了泥菩萨时，已快到达发配所，两解差也玩腻了，才在野猪林下最后毒手。如果不是花和尚鲁智深及时救护，林冲一世英名就栽在两个没有多大本领的败类之手。当卢俊义也由董超、薛霸押解时，忠仆燕青就不容那两鼠辈有在主人身上取乐的机会，各享以朝心短箭一支。虽然我们不能怪早看穿奸人毒计、沿途追踪的鲁智深没有早点动手，险些救不了人，武艺早臻化境的林冲比书中其他刺配者，在充军途中受苦严酷不知多少倍，确是不争的事实。

林教頭刺配滄州道

考察的角度也可以再换一个。

晁盖和宋江入主梁山以来，广纳四方投归之士，从此再没有来者遭拒之例（晁盖下令处决杨雄、石秀、时迁，原则使然，不能算作拒纳）。林冲上山，仍在王伦当政之时，就比别人多了遭拒一难关要闯过去。逼得素本"人不负我，我不负人"守则的林冲要违背良心，企图斩杀陌生人杨志，以赚取山寨收容。对耿直的林冲来说，做出这杀人自保的决定必定是十分痛苦的经历（换上是李逵，则准是乐以为之的快事）。绝大多数梁山头目之来归，从心所欲而已，说不上什么困难，为何林冲却要承受额外的折磨？

林冲所挨之苦尚不止此。《水浒》虽描写高俅为狼毒至极的大恶人，真正受他所害者，其实仅王进和林冲二人（或者勉强可加上，因高俅报仇而不能在东京待下去的鲁智深，以及因失了押运的花石纲，而被高俅依法免职的杨志）。王进在书首昙花一现后，便了无踪影，可以不论。因此梁山一百零八个头目当中，飞来横祸地吃尽高俅苦头者，仅林冲一人。除了说明林冲特别命苦外，此事还有更深一层的意义。

梁山大聚义以后，高俅连番举大军来犯。梁山终活捉了这个天下好汉除之而后快的大恶煞。随后发生的却是一场意想不

林冲棒打洪教頭

到的好戏。宋江不仅不惩罚这个大恶人，反而纳头便拜，亲解绳索，口呼死罪，乞高俅代其安排招安！目睹这幕令人恶心的活剧，林冲必定觉得天聋地哑、痛苦万分，究竟投靠梁山是否选择错了？这几年为山寨所做的大小事情（火并王伦就十分重要）算得上是贡献吗？为何在宋哥哥心中自己的经历毫无意义可言？因何其他兄弟不独无人敢动高俅一根汗毛，还个个锦衣绣袄，盛装在忠义堂上恭候？难道此等虎头蛇尾、认贼作父的勾当就是替天行道的表征？这种心灵之苦应尤烈于以前所受的皮肉之苦。

点出林冲格外受苦是一回事，要解释编写《水浒》者为何要挑出林冲来承受这些无穷尽之苦，则恐怕不易办得到。

最挨错骂之人

——王伦

　　古今读《水浒》者没有不臭骂白衣秀士王伦的。王伦有他的缺点，这些缺点也不能不说够严重，但大家看不出王伦特有的优点，而且是十分重要的优点。

　　梁山的首领前后有三个，王伦创始，晁盖继承，宋江扩张。晁盖和宋江对梁山发展的贡献容易理解，也早有不少人讲过，无须重述。王伦被说成是阻碍大局发展、一无是处的败类则绝对远离事实。

　　论文才武功，王伦和宋江差可比拟，都不是有显著真材实料之人。但自今本《水浒》流行以来（初成书时的《水浒》，内容与今本差别很大），读者无不深受林冲、吴用诸人评论王伦之言所影响，强调王伦心胸狭窄、畏缩忌材，把他骂得狗彘不食，只足供林冲用来祭刀。这种人云亦云的话一骂就是几百年，哪晓得真相绝不是这样子的。

三数头目据山为王何其多，但除梁山外，所据之地尽是缺乏特色、不可久留者。梁山则截然别具一格，方圆八百里的水泊，外人莫测高深的特殊环境给它无以上之的天然屏护。王伦创始以前，没有任何强人打这块宝地的主意。没有王伦，梁山大寨很可能从不会出现。

王伦不得意时曾和杜迁一度投靠柴进，但旋即带同杜迁去开发梁山水泊这块天赐的险地。杜迁毫无独当一面的才能可言，后来才入伙的宋万和朱贵才能亦高不到哪里去。看准梁山的特殊，把它开拓为一深具发展空间的地盘，这功劳只该王伦才配拥有。我们起码不可以说当官兵围剿晁家庄，晁盖诸人仓皇逃命之际，假如梁山山寨不早已存在，且发展至可观程度，晁盖等会自动兴起结队过去试图开拓之念。

林冲初上梁山时，梁山已有七八百个喽啰。这成绩是可以评定的，看看祝家庄事件以前介绍的各山寨便可知究竟。少华山三个头目聚五七百个手下。桃花山两个头目集五七百人。鲁智深和杨志未占夺前的二龙山一个头目领四五百人。清风山三个头目约有三百余人（结束清风山，往投梁山时的人数；这还是从多计算）。对影山吕方、郭盛各有百余人（合上清风山的人马才得三五百人，前说清风山的人数可能报多了）。统领此等山寨者大率为能战的职业强人，王伦诸人不属此类，建寨之事就只有边做边学，摸索地进行。到林冲来投靠时，梁山的规模（人数及防卫部署）已超越上述诸山寨，建寨的时间也相当短。吴用往石碣村游说三阮时，阮氏兄弟说梁山那边水域"新近"为王伦等强人所占，不能过去打鱼，这还是林冲抵梁山四五个月后之事。谁敢说王伦不是创业奇才？可惜王伦斗不过晁盖一伙，遂惨死林冲刀下。

梁山集团中有不少人凭对山寨曾做出鸡毛蒜皮般的贡献便足列席忠义堂（如金大坚刻个图章），王伦从零开始地把梁山发展成吸引群雄投靠的天地，却招来杀身之祸。在众人的眼中和嘴里，山寨的发展全归功晁哥哥和宋哥哥，书中有谁说过半句王伦应记创始之劳的话。以后数百年的读者又何尝不是抱这种态度，一提起王伦，他就只配挨骂。这是何等不公平之事。

不管王伦因何而死，他眼力之佳和开创之功不是一声狭隘自私便可以抹杀的，享受王伦创业成果者更不能这样说话。要

梁山泊林冲告草

林冲水寨
大併火

是说王伦容不下晁盖诸人，倒不如说晁盖等容不了王伦，拔之而后快。晁盖率众入伙后，就算林冲保持中立，新旧集团势力不均、难久共处之局已成。从晁盖诸人的角度去看，与其日后摩擦不断升级，毋宁立刻采取行动，一刀两断。既要迅即铲除王伦，又要尊他为山寨创基人，可就难了。臭骂他一顿，然后诛杀之，是最省事的处理办法。只是这样一开始，王伦就被骂了几百年。

最本领被夸张之人

——吴用

　　梁山头目多文化低浅，故知识分子很容易便有表现的机会。梁山的知识分子当中，吴用最以思考力见称，故有智多星的美誉。吴用确聪敏肯学，适应力又强，但说他是智多星则绝对言过其实。

　　吴用是郓城县人，在那里开学堂。郓城在梁山水泊之旁，是鲁西的小码头，在那儿大肆活动亦未必能赚得天下名。何况吴用这个本地人，在郓城并不活跃；他连在郓城范围内几乎无人不识的宋江都不认识（小人物如唐牛儿也和宋江有交情）！这就是说，在参加谋夺生辰纲以前，很难叫人相信他有足够表演

元 萬 頁

才智的机会（就算用地方性尺度来衡量），使他堪称智多星。他首次亮相时已有智多星的绰号，这点就情节而言是说不过去的。

自与晁盖等人组合成伙后，吴用历经梁山集团成长的各个阶段，直至大聚义、排座次，继而与朝廷达成招安协议整个漫长的历程（招安以后的情节，处处涉及繁琐的版本与故事演化问题，可以不论）。山寨不仅与他同存共长，还依照他的指引而发展。凭这段日子的表现，他是否足称智多星是不应不先经批判便接受现成答案的问题。

或者《水浒》的编写人察觉到既没有强调吴用是神仙，总该出现"智者千虑，必有一失"的情形，于是安排假冒蔡京家书弄出大漏洞，以致几乎害死宋江和戴宗，逼使山寨采取他原先反对出兵江州的危险行动之情节。这些具调节作用的情节是必要的，不然言必准、视必中的吴用要变成仙班人物，致令全书的真实感大打折扣了。

然而这样严重的错失可一不可再。多犯一次，不单智多星之美名会被除掉，更重要的是难保持兄弟们对他的信心。岂料这样的事情早已发生，那就是自《水浒传》面世以来，千千万万读者赞不绝口的"智取生辰纲"事件！

智取生辰纲是《水浒传》中的重头戏。没有这情节根本就

吴学究说
三阮撞籌

吴用智取生辰纲

发展不出一百零八个头目聚义梁山的局面。即使不谈全书的鸿规宏轨，这次的表演亦绝对是吴用树立个人威望之所基。看他玩弄两只酒桶，乘机渗入蒙汗药，读者便惊叹不已，盛喻为千古奇文，甚至收入中学教材以作典范。其实从布局和逻辑去看，整个谋夺生辰纲故事都写得十分幼稚。

先说北京大名府留守梁中书派遣的护卫力量吧。《水浒》企图给读者与实情相悖的印象——梁中书为了确保今年的生日礼物必能送到岳父蔡京之手，遂组织特强的卫队负责运送。事实并非如此。卫队中能战者仅杨志一人，那十个兵士，既特别不到哪里去，主要任务还是在当脚夫，另外就是三个老气横秋、毫无江湖经验、遇事连自卫能力也没有的虞候。按护送十万贯珠宝的规模而言，这支卫队小得不能再小，弱得不能再弱（说句公道话，这规模是杨志的选择。他希望在愈不引人注意愈好的情况下完成使命，所以根本不准备靠武力护送）。来袭者，只要搬出不难部署的声东击西法，就准教杨志不知所措，顾此失彼。晁盖一伙，实力相当，就算自限不开杀戒，仅求操制场面，为所欲为，仍绝不成问题。那么为何不采简易的明攻法，而要故弄玄虚地摆酒桶阵？

这样讲，得先摒除自律不开杀戒的可能性。梁山人马的共同作风是心狠手辣，个人和集体行动起来，从不珍惜人命，怎会为不知名对手的安危烦心？他们得手后，谁也没有花过一分钟去想想劫案会给倒霉的对手带来什么影响，便是这种心态的明证。

如果说在未摸清对方底蕴以前，慎重处理，宁繁勿简，也是讲不通的。既然公孙胜早打听出护送队所采的路线，晁盖诸人又能先到黄泥冈部署行动，为何不放哨子，探探对方实力，再定出最后策略？作为小组的智囊，吴用在这方面应负主导之责。结果只是机械地依原先根据不完整的信息定下的策略去进行。是否需要补充新信息和调整计划全不管，这是智者之所为吗？

还有，吴用何曾想到能腾云驾雾的公孙胜正是理想不过的探子。有机会有能力在行动前探清对方的虚实而不理，却埋头去玩酒桶游戏，这抉择的聪明程度不言而喻。

七人小组之往黄泥冈，连分批出发、化装掩饰、入住不同旅店，这种基本保护措施悉不理会。只见他们浩浩荡荡而来，齐齐一一而去，怎不叫人注目！况且除阮氏三兄弟之间会有显著的共同点外，小组成员在外貌和风格上差别很大，绝不可能是同一家族、从事同一行业的人。孰料当旅店要他们办登记手续时，吴用竟代大家回答："我等姓李，从濠州来，贩枣子去东京卖！"真是笨得可怜！其实那时店内已有人认出晁盖来了（这就是不化装之害）。难怪官府在事后查问时，店员印象犹新，不假思索便说得出来。连事先串好大家说几句应付旅店、满足例行公文手续的话也不会，这该是智多星应有的表现吗？

说下去，还有别的例子可证明吴用脑袋不足。他看不出白日鼠白胜这窝囊废绝对不可靠，让他事后留在黄泥冈一带花天酒地，惹人怀疑；更看不出他是不守道义的人，官府一施威，便毫不保留，和盘托出。官兵可以在事后几天便赶到晁家庄来围捕，全赖吴用这个愚笨军师无识人本领之赐。假如他看得出白胜不可靠而又非用他在黄泥冈做部署工作不可，便应在事后强制把他带走，以策众人的安全（晁盖介绍白胜入伙，自然也有责任，但统筹全盘行动的是吴用，责任大多了）。

为何历来的读者把吴用筹劫生辰纲的愚笨计谋看成是超级智慧的表现，固然甚难解释，更难理解的是《水浒》的编写人误创一个连他自己也不察觉的怪胎。由晁盖当首领、吴用任军师的行劫计划一开始虽似成功了，但胜利维持不到几天，庆功宴也未享用完，秘密已大露，甚至连晁盖的老巢也不保，众人只好亡命逃生。相反地，早一年轰动江湖的生辰纲劫案不仅官府破不了，连案是何人做的也始终消息毫不外泄。两组人马高下轩轻，不辩而明。前一次的抢劫者才真是英武和智慧的代表。晁盖诸人东施效颦，毫无创意，本已够可怜，甚且还效法得失败之极。前一组不一定有个高明的军师，后一组则绝对被不高明的军师所拖累。

《水浒》的编写人处理生辰纲事件是否用明赞暗讥之法，不是容易回答的问题。如果是，手法确够高明，弄到几百年无人能够解读。如果不是，那么他定的"智取"要求就很低了。

无论如何，智取生辰纲是误解得来的美誉，吴用凭借这美誉很快就在山寨建立起威信来。但我们不能抹杀吴用有肯学习、求进步的优点。这方面可举一事，以例其余。后来远赴江州劫法场时，梁山人马用化装成不同身份、分批混入城中之法。这显然是自错误中汲取教训的例子。

作为带领梁山集团成长的重要人物，吴用的本领自始就被极度夸张。但在梁山这个武盛文寡的集团里，无人能够取代吴用。整个梁山集团只有两个军师型人物：吴用和神机军师朱武。虽然朱武在有限的出场机会里有不错的表现（如初露面时随意摆布史进），但这种场面委实太少了，加上他毕竟下属地星组，怎也不能把他说成可以取代吴用。在这种情形下，褪了色的吴用仍可稳坐第三把交椅。

最角色含糊的人物

——公孙胜

　　梁山只有两个法师型的头目，入云龙公孙胜和混世魔王樊瑞。后者仅是前者的影子，下置地星组，让他在未上梁山前在自己的地盘芒砀山有个小小而终告失败的表演机会，便算是遥与在天星组内高踞领导地位的公孙胜互连成对了（公孙胜收了樊瑞为徒）。樊瑞是个甫露面事迹便告终结的帮衬人物，不必多说。公孙胜倒是如假包换的重要人物，只是他的重要性仿似海市蜃楼，没有多少实质。

　　公孙胜和江湖闲汉赤发鬼刘唐一样（《水浒》没有说刘唐本来是干哪一行的），很想夺取北京大名府留守梁中书送给岳

钱 文

入云龙吕轴揚

出入绿林唐邊逸人

公孫勝應七
星聚義

丈太师蔡京的丰厚生日礼物（生辰纲），又怕自己只手单拳应付不了，遂不约而同地跑来郓城县这个小码头找并不认识的托塔天王晁盖，希望晁盖能组配人马，并肯充当行劫计划的首领（第十四、十五回）。二人的行动随即带出同意谋夺生辰纲的晁盖、吴用、三阮兄弟、白胜，以及涉连的宋江、朱仝、雷横，和宋清。这是《水浒》读者熟悉的大节目，而梁山组织以后的首脑人物多自此出。公孙胜在情节发展和在梁山组织上的重要性是不必强调的。岂料这个人物的特殊背景使他处境尴尬，所扮演的角色含糊。

生辰纲前已被劫过一次，动手的当然是绿林中人。再运送生日礼物时，梁中书会加强护卫是意料中事，刘唐辈武功再高强也不可能单独出手。刘唐为了发横财，求助于并无交情的晁盖，说得过去。但公孙胜不是一介武夫。动起手来，他不必用刀枪剑戟。呼风唤雨、撒豆成兵的本领，足令他化解千军万马于无形。何况梁中书所遣卫队怎也不可能是千军万马。公孙胜一人去劫生辰纲，绰绰有余，何需跑去陌生的地方找陌生人帮手，和本来不认识，甚至无法预言是谁（能预言者仅晁盖一人）的人分肥？

倘谓公孙胜虽有独劫生辰纲的本领，奈何说不出护卫队所走的路线，故有求助于晁盖之需，说法有两大漏洞：（一）他怎知道素未谋面的晁盖和晁盖可能召集到的人有办法确指卫队的行程？（二）公孙胜早就探得卫队所采的路线，并以此消息为投靠晁盖的献礼！换言之，尽管晁盖等人听了稍早来奔的刘唐的话，打算劫夺生辰纲了，也不知道在何处下手。具特殊本领、有特别消息的公孙胜竟跑去求助于本领和信息只可能远不如他的陌生人，是本末倒置的安排。其实公孙胜面对的问题只有一个，就是一个人出马，不少财物会搬不走。这不该是个困惑的难题吧。《水浒》却把他写成本领和刘唐无性质之别！

大伙儿策划出来的行劫方案，和公孙胜的本领毫无关系。不仅如此，当官兵往晁家庄围剿，大伙朝梁山泊逃生，公孙胜连生命都受到威胁的时候，他还不是和别人一样，边战边走？到了这时分仍不搬出看家本领，尚待何时？难道编写《水浒》者连公孙胜本领何在都记不清楚？

倘说《水浒》的编写人连公孙胜该扮演什么角都忘记了，也许夸张。但编写人没有好好替公孙胜安排配合他本领的情节，总是事实。

这尚不算。编写人还忘记了公孙胜的身份。

一首詩
中意味
全無差
人眼目
下曾撒
覺放子
故錄于
上曾隨
便覽隨
詩云背
後之吟
不可吟

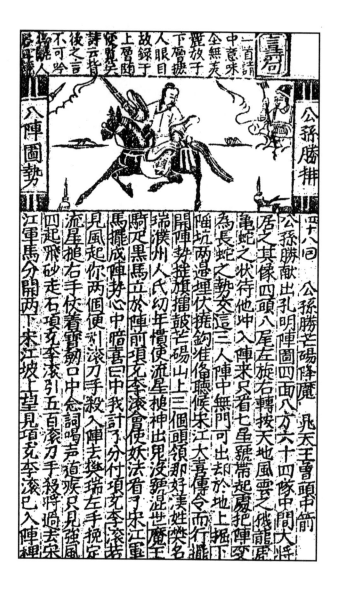

八陣圖勢　　　　公孫勝排

四八囘　公孫勝芒碭降魔　飛天王曹頭中箭

公孫勝獻出孔明陣圖四面八方六十四隊中間大將
居之其像四頭八尾左旋右轉按天地風雲之機龍虎
為長蛇之狀待他冲入陣來只看七星號帶起處把陣變
龜蛇之勢交這三人陣中無門可出卻於地上掘下
陷坑兩邊運伏撓鉤准備聽候宋江大喜傳令而排
開陣勢雄旗擺鼓砲磁山上三個頭領卻好漢姓類名
瑞漢州人氏幼年慣使流星撾神出鬼沒轉混世魔王
騎足黑馬立於陣前頃兄李滾會使妖法看了宋江軍
馬擺成陣勢心中暗喜曰中我計了分付項兄李滾者
見風起你兩個便利滾刀手殺入陣去樊瑞左手挽定
流星撾右手仗著寶劍口中念詞唱声道疾只見風
四起飛砂走石項兄李滾引五百滾刀手殺將過去宋
江軍馬分開兩下宋江坡上望見項兄李滾已入陣裡

看看劫取生辰纲的性质，事情就很易说明白。从始作俑的公孙胜和刘唐，到其后组配的晁盖、吴用、三阮，哪有一人有劫富济贫的本意！原先的计划，不过在行劫得手后，返晁家庄分赃，庆祝一番，便打算各散东西，从此互不理会。生辰纲固然是不义之财，但抢来自肥又何义之有？事情的真相就是这样简单。公孙胜和其他七人（包括最后入伙的白日鼠白胜）倒有一大分别，他是不该为物欲烦心的出家人。更何况，他是以长生术弘扬道教的活神仙罗真人的首席大弟子！怎会贪念焚心到要大享横财？不管如何，由出家人发起震天动地的大规模打劫行动，书中总得提供合理解释。《水浒》没有这样交代，公孙胜的身份和行径自然会出现很大的矛盾。

　　按理，能够让公孙胜大显身手的场合只有一种，就是对付以妖术为武器的敌人。公孙胜上梁山后，迟迟没有这种场合出现。江州劫法场没有他的份儿（连近乎废物的白胜都可以参与此役）。三打祝家庄也不关他的事，因为他已用接母上山的借口离开了梁山。

　　公孙胜根本不打算回梁山，但离开梁山时他并没有带多少钱。横财梦岂非白发，所挨的苦岂非白受？破绽迭出，毛病如何能免。

无论如何，公孙胜请假下山，逾期不返，应是编写《水浒》者感到公孙胜处境尴尬，角色含糊，才特意安排出来的。不然随后就在梁山水泊边缘与祝家庄数度会战，公孙胜总不能置身事外。要是他插手，对方既没有法师压阵，任凭他一轮呼风唤雨、纸人纸马、撒豆成兵，战事就只好一面倒地迅速结束。别的梁山头目，以及准梁山头目（如孙立、扈三娘）都难有表演的机会。先前不让他参役江州，理由也是一样的。情形既如此，还是先把他送离山寨吧。

待公孙胜真有派上用场的机会，大战高廉，《水浒》已经写到第五十四回了。

《水浒》描述的人和事都很多，不能经常制造比赛法术的场合来让公孙胜明证其存在价值的。自降伏樊瑞（第六十回），至大聚义（第七十一回）公孙胜虽重返山寨，就仅能甘作一个若隐若现、徒居高位，却起不了作用的头目。

梁山需要公孙胜这样本领的人，否则就无法应付高廉辈的挑战。但若让他置身在劫取生辰纲之类场合和任何正规拼杀的武装冲突，他扮演角色的含糊，以及身份与行径间的矛盾就无法避免。解决之法，也许是尽量压后与高廉、樊瑞辈比拼的情节（按现在的安排，这些情节也相当靠后了，只是公孙胜早已出场，才令问题出现），待到山寨真正需要一个法师型头目时，才安排他首次亮相。那么重写的生辰纲事件就应和公孙胜无关了。缩了水的公孙胜排起名次来，再也不能高居第四名。

最难理解之人

——宋江

宋江是梁山集团的核心，没有了他，集团成长难，维系更不易。《水浒》给他的形象却不尽符合人们对领袖的一般期望。这还不是最难理解的地方；扑朔迷离的是，宋江的行径和他所扮演的角色矛盾重重，难作互协性的解释。这些矛盾终教他成为一个几乎可以随意归类、却又不似可容多类并属的人物。种种理解的困难都可以通过事例来说明。

互不认识的公孙胜和刘唐不仅同时想到结伴劫取生辰纲的念头，还不约而同地跑来并不是江湖人士惯常走动的码头郓城，希望说服两人均不认识的当地财主晁盖出来担任行事的领

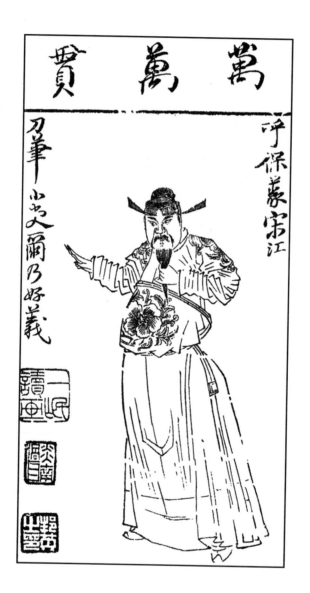

万 万 贯

呼保义宋江

笔刀小岁人爾乃好義

046

袖。这个所谓众望所归的人物却孤陋寡闻至莫名其妙的程度，另一组人马去年劫了生辰纲而成为天下大悬案的消息他一无所知。日后结聚梁山的一百零八名头目，在计划劫取生辰纲前他充其量只认识宋江、宋清、吴用、朱仝、雷横这五个本地人和那个无异废物的白胜。指晁盖江湖经验贫乏，在江湖上毫无声名可言并不为过。公孙胜和刘唐竟都对晁盖信心十足，远道访求，这本已是十分差劲的情节安排（且不说能呼风唤雨、撒豆成兵的公孙胜单一个人去劫生辰纲，本不费吹灰之力；对他来说，根本就没有理由要远道找个不详底细、自己复不认识的人来当领袖）。他们不找同在一城内的宋江，可见宋江当时的知名度尚不及在江湖上活动极有限的晁盖。《水浒》没有给晁盖配备当领袖的资格，公孙胜和刘唐都不选择宋江，那么宋江充当领袖的条件理应更差。自此至晁盖逝世，这个绰号托塔天王的好汉（单凭强烈的正义感，晁盖已绝对足称好汉）在梁山集团里始终是个徒挂首领招牌的虚位人物。宋江则不然，甫经露面，旋即以一呼众诺、闻者景仰、见者心折的姿态号召群雄。宋江由是仿如一幢没有弄好地基，便在上面一层层往上加建的华厦。

《水浒》企图用"灌浆法"来化解这矛盾（地基做得差，

但上层建筑已盖了，只好往地基灌浆，希望能转危为安）。先在介绍他出场时，说他乐善好施，因而扬名迩远（如果他确盛名远播，为何公孙胜和刘唐不找他？这是《水浒》败笔随处可见之一例），然后再在以后的情节重复强调宋江喜玩权术，以此作为广结新知、巩固山寨的手段。两者其实都会产生反效果，容先说宋江的慷慨乐施。

宋江甫出场，《水浒》便说他乐善好施，因而打出知名度。宋江是否够慷慨可从故事发展（亦即宋江的成长过程）的角度去分析，但若说宋江凭其慷慨的行径在出场前已赚得远近闻名的声誉则是布局之失。宋家富有，这点虽不成问题，但何谓富有是有地缘因素和比较成分的。在鲁西郓城这个小码头称得上富有，未必真的腰缠万贯。慷慨非涉及金钱不可，不能口惠而实不至的。纵使宋家确实十分富裕，宋江还是慷慨不来。宋江出场之初，宋家并未分产，加上深谋远虑的宋江要做成父子在法律上断绝关系的假局，他复迁出在家外居住，他得自家中的经济支持只可能微乎其微。他要慷慨就只有靠在衙门管文书那份薄薪，能慷慨到哪里去？有些读者解释宋江的财源来自在衙门内同流合污地"捞外快"。这当然可能存在，试看还算正直的戴宗不就在江州拿犯人的常例钱吗？

潯陽樓宋江吟反詩

然而这样仍解释不了施惠不可缺乏的另一个关键——适当的受惠者。

郓城并非江湖重镇，平常难得有分量的人在这一带走动。晁盖人脉的单薄、消息的迟慢正是郓城在江湖上并不重要这事实的反映。在此地受宋江之惠者能把消息远播江湖的可能性高不到哪里去。宋江未涉及生辰纲事件以前，读者见得到他施惠的实例只有阎婆惜一事。施惠之举旋且变质，受惠者变成了金屋藏娇的姘妇！读者或者会说，宋江必定不时接济唐牛儿。就算果如此，此事与宋江的江湖声誉（特别是生辰纲事件前的声誉）又如何扯得上边？

宋江在生辰纲事件前施惠的规模和频率，受惠者的背景和地位全解释不了宋江何以名扬远近。但自生辰纲事件至宋江初遇武松，在中间不会超过四个月的光景里，宋江所做而江湖得闻者仅杀惜一事，武松一遇宋江便说宋江之名早如雷贯耳了。逻辑实在成问题。

声誉的传播免不了要靠滚雪球的作用，但开始时总得有个可供滚下斜坡的雪球，宋江有没有这个原始的雪球大成问题。日后上梁山诸人，宋江原先认识的不过晁盖、朱仝、雷横、宋清、柴进、花荣、孔明、孔亮，把同事、弟弟、徒弟，和尚未谋面者（宋江逃命到了沧州才首次和柴进会面）全算进去亦不过如此。连吴用这个在郓城总有点声望的本地人，宋江也原不认识！凭这丁点儿本钱，雪球如何滚起？还有很重要的一点。宋江向晁盖通风报信之前，任何准梁山人物都没有受过宋江丝毫恩惠！纵使宋江真的向来乐善好施，那些行动也无法解释为其名传远近的原因。

不过自宋江在清风山差点成了醒酒汤材料以后，连三接四的化险为夷确带给他的声誉很大的滚雪球作用。读者以后例喻前事就接受了宋江甫出场即驰名远近的说法了。

至于宋江之喜玩权术，情形也与此近似。宋江喜玩权术是事实，玩得高明与否则是另一回事。权术玩得不好会产生反效果的。最明显的例子就是他那套招纳降将之法。每遇捉到政府军官，他必假骂部下，纳头便拜，亲解绳索，蜜语劝降。这套功夫前后当众不知表演过多少次了，宋江固然愈演愈熟练，在场观看者岂非不断在看重复得可以背诵的戏。最糟透的是，曾经蒙受宋江解索然后归降者以后变成了逼得看重复表演的观众。他们难道了无反应、全无受骗之感吗？《水浒》并没有从这个角度去看事情。

《水浒》这些败笔带给宋江头脑简单、行动机械化的形象。

试问这形象如何和宋江领导群雄、策划大寨发展方向的地位与责任配合？这正是情节难互协之处。谓宋江行动机械化或尚易为人接受，指宋江头脑简单则与很多情节不合：早早为老父的安全做好法律保障、一步步架空晁盖，终取而代之。这些都绝不是头脑简单、不做长远计划者所能办得到的事。以此事量彼事，中间存在的就是难以解释的矛盾。

虽然悉数指出宋江性格和本领上的矛盾与不协调之处，单子会很冗长，且未必有此需，还是不妨在已谈诸事之外再多举几例。嘴边老说忠义的宋江，酒后吐真言时便题反诗。营救晁盖对他来说是宁可失职也要取义，他却鼓励孙立出卖同门师兄。他几乎无武功可言，生命受威胁时连最起码的挣扎也提不起勇气去拼一拼，却有胆量招纳门徒（孔明、孔亮），和不厌其烦地做些希望能给别人他懂武的错觉的小动作（如石勇传书时当众借武器）。力救时迁和刘高妻使人觉得他宅心仁厚，但因要陷秦明得反叛之罪而焚村屠杀，因要害到朱全走投无路而命李逵斧斩小衙内，因要名正言顺地坐正大哥宝座而攻击与梁山素无恩怨的东平、东昌二府，则格局迥然不同。

重重叠叠、层出不穷的矛盾使宋江这角色不易归类，难以理解。问题的症结往往是先天的、内在的，根源于《水浒》述事的不够协调。或者这是《水浒》通过增删并改过程，结合不同来源的故事，而演化成书所不易避免的结果。

最背黑锅的女人

——阎婆惜

在一般读者眼里，阎婆惜是害人祸水，更是《水浒》书中最早出场的淫娃荡妇。宋江杀之，虽不无误杀成分，读者还是觉得杀身之祸是她的淫荡泼辣行径所自招的。换个角度去看，分析却大可以全然不同。

要理解宋江和阎婆惜的关系以及杀惜事件的性质，得先对故事的演化过程有点认识。早在见于《宣和遗事》的雏形水浒故事里，郓城县押司和娼妓阎婆惜已曾相好。后来宋江见已成"故人"的阎婆惜（即有一段时间无来往了）与吴伟偎倚，一时醋火爆发，宰了二人，逃命太行山梁山泺落草去了。

《水浒》成书后所讲的梁山集团规模壮大多了。作为这个集团的未来领袖的宋江，形象也得务求端正。配合起来，阎婆惜的背景也就净化了不少。她只是随父母来到郓城，希望借"唱诸般耍令"谋生的歌女（换言之，这家人的背景和处境与鲁智深援救的金氏父女没有多大分别），书中还强调在东京时其母阎婆曾多次推却行院过房之请。可是这家人尚未在郓城安顿下来，父亲已不幸病逝，母女二人穷得连棺木也买不起。于是便有宋江施惠，母女感恩，加上媒婆的游说，宋江遂金屋藏娇，几幕连场好戏。

不管阎婆母女的决定初时有多少感恩的成分，为求解决眼前和日后的生活怎么说也是现实不过的原因。对这母女来说，这无疑是一桩没有选择的买卖，起码宋江看来不像是个讨厌的人。除非在买卖的过程中，阎婆惜真的对宋江动情，买卖始终是货银两讫、过后互不拖欠之事。

拆穿宋江的伪善面具，他是个暗格淫虫。年届三十而未尝沾女色（没有理由说宋江在未遇阎婆惜以前有性经验）。除年纪外，这还与他的职业有关。在衙门当押司的他是吏道的代表，严正的职责需要有严正的形象。加上年纪不小而尚未娶妻，父亲又是当地有数的财主，在在不容他轻举妄动。无论女

惜歡飲

你两個跟我去酒店寫個帖与你去縣東陳三郎家耶具棺
材宋江又耶銀十两与閻婆使用閻婆拜謝宋江自囘婆子
将帖迳來陳三郎家耶了棺材囘家祭送了忽朝閻婆來謝
宋江見他沒有娘人囘來見王婆說宋押司无娘子王婆道
宋江縣裡做押司只是客居閻婆道得押司救済无可報答
情忿把婆惜身他做个規眷往來王婆次日來見宋江說了
這件事宋江初時不允王婆諫功宋江只得依允就在縣西
巷討所樓务安頓閻婆惜娘児沒半月之間打扮得閻婆惜
滿頭珠翠遍体銷金初時宋江夜々与婆惜同飲向後漸々
來得慢了宋江是个好淇女色无恋一日宋江吳帶書手張
文遠來閻婆惜家吃酒文遠小名張三生得俊俏六弓省通
這婆惜是个酒色娼妓一見張三心裡便喜等宋江不在倒
把言語朝巷張三那張三便假意來尋宋江那婆惜留住吃

方背景如何，押司未娶妻先在当地立外室始终是极招物议之事。阎母和媒婆的嘴再厉害也不可能单凭几句话便撮合这样的大事，更何况宋江是个深谋远虑、做事不轻率之人。除非宋江已久想享受温柔乡，才易水到渠成。阎婆惜是年方十八、颇有姿色的少女，长期性饥渴的宋江见了怎不动心。押司形象、先施惠而后同居的瓜田李下之嫌、女方抛头露面的职业背景，种种顾虑全挥诸脑后，宁可想想眼前艳福一过，怎知要候多久才另有机会出现，阎母和媒婆的话就成了顺水推舟的借口。这是宋江为何不顾对职业的影响便径然藏娇，且置金屋之初，晚晚去风流快活的最好解释。试想阎婆惜若如书中所说从未在行院过房，那么她还是黄花闺女，宋江为了得偿多年久压之欲，借施惠，找借口，大肆过瘾之乐，而绝无纳其为妻之意，岂非作孽之极？！

宋江没有讨女人喜欢的本领。胖矮黑的外貌早教他先天条件不足，又缺乏与异性交往的经验（包括床第之事在内），除了枯燥木讷的言语、不识闺房情趣的举动，和以为付了钱就万事从心的态度外，他不可能还有几招可用。不必待太久便足惹正在妙龄的阎婆惜讨厌是很自然的发展。

后来宋江去得疏了，书中的解释是"宋江是个好汉，只爱学使枪棒，于女色不十分要紧"。这不是鬼话是什么？往后这种重复的镜头读者都看腻了：每遇生死关头，宋江连做最起码挣扎的意念也没有，即使不喜弄枪玩棒的人也不会如此差劲。除了故装门面外，宋江怎也不会是个重武轻色之人。"于女色不十分要紧"一句话更是可圈可点。按宋江的见猎心喜，尽情快活了好一阵子，就算"不十分要紧"，也有八九分吧！

更糟的事还要随来。宋江竟笨到往自己头上送绿帽子，介绍风流倜傥、欢场圣手的同事张文远给阎婆惜。宋江不行的，此君样样精擅，如何不教阎婆惜倾心？等到他俩打得火热，街知巷闻，宋江仍乖乖地维持金屋的开支，让张文远白玩白吃，宋江只是自惭形秽地少去那儿就算是表态了。如此窝囊的男人怎不令阎婆惜愈看愈讨厌，愈要摆脱他的束缚？

宋江确有一套束缚阎婆惜的法宝，这个精通法律的押司备了份要阎婆惜服侍他多久的典约文书。文书只有一份，由宋江保存。这样的文书保护谁，约管谁，还用多说吗？只有既要纵欲，又要自保的淫虫师爷才会想得出此等绝招来。阎婆惜除了恨，对偶然还来的"矮黑杀才"（戴宗未识宋江前骂他之语）不理不睬和另寻新欢外还有多少选择？

张文远和阎婆惜搭上了带出一个小小的版本问题。那时

《水浒》添说阎婆惜是个"酒色娼妓",有"风尘娼妓的性格"。这点和原先介绍她为父母看得牢、从未在行院过房的歌女不合。这矛盾可以理解为今本《水浒》出现以前阎婆惜本为娼妓的故事残留在今本的遗迹。倘今本《水浒》里的阎婆惜仍是千人枕、万人玩的酒色娼妓,宋江不单甘愿金屋藏娇,还千方百计用典约文书来保证她的长期服务,此君之饥不择食真是贱到非笔墨所能形容的程度。封宋江为农民起义军领袖者有没有想过这种尴尬事?

买卖般的男女同居关系既无名分,也难期望有法律保障,男女皆应有另寻新欢的自由。在处理和宋江的关系上,阎婆惜不是没有错失。宋江来时,她不瞅不睬,不和他燕好,不能不说她漠视卖方之责。作为不满意的顾客,宋江大可干脆终止交易,全身而退。但他拖泥带水,不肯放弃。杀惜那晚他见阎婆惜和衣而睡,不就有"央了几杯酒,打熬不得"之感,还自叹"欢娱嫌夜短,寂寞恨更长"吗?感情发展至这般恶劣田地,他还憧憬有机会可和阎婆惜再玩几玩!

招文袋落在阎婆惜之手,她立刻看出这是摆脱宋江的束缚和安定以后生活的最好机会。她犯了操之过急、不留余地之失。但这绝不是死罪。

阎婆惜的悲剧是伪君子宋江一手炮制出来的。这事却成为宋江在江湖上充好汉的本钱！《水浒》里坏女人确不少，但视阎婆惜为淫娃荡妇则冤枉之极。

鲁智深拯救金氏父女和宋江施助阎氏母女，二事性质本同。但鲁智深和宋江性格迥异，两事发展下去，结果也就截然不同。

替阎婆惜自背上解下这千古黑锅，是时候了。

楼见婆惜

評聖惜

現此段
青夆文
袋正公
明交明
謬云青
善公明
而惜而
毛上針
口黃靑
毒蛇針
壽婦人
心此言
是也

上面寫着晁盖許多事務婆惜曰正要和張三做夫妻
正沒机会今撞在我手裡把這封書依原包了插在招
文袋裡宋江正在樓上自言自語听得樓下門响婆子問曰
是誰宋江曰是我婆子曰押司丹和姐姐睡一睡到天
明去宋江也不言逕上樓來婆惜听得宋江田來忙把
蓋幙刀子招文袋捲做一塊藏在被裡宋江去攔杆上
取去却不見了宋江心慌只得忍气把手去提婆惜曰
你把招文袋還我婆惜假睡不應宋江曰我來放在你
欄杆上只是你收得把還我休要作耍婆惜曰誰和你
作耍我一定是起來鋪被拿了宋江曰你先時不曾見
睡一定是起來鋪被拿了你的使官府拿我去佐老娘和張三有事也不
拿了你的使官府拿我去佐賊老娘和張三有事也不
該一刀的罪不想你和打劫賊通同這封書老娘牢牢
收着若要饒你時只依我三件事便罷宋江曰便是三

最本领隐晦之人

——宋清

　　梁山一百零八个头目本领参差，世无异词。那些低能的（或者被人误以为低能的），连《水浒》的编写人也用反讽性的绰号去嘲笑他们。旱地忽律朱贵、鼓上蚤时迁、铁扇子宋清、中箭虎丁得孙、白日鼠白胜都是显例。如此嘲弄不一定准确，以铁扇子喻宋清就失误之极。

　　宋清上梁山后，负责炊食。一般读者都会指为裙带关系——宋江给弟弟一份优悠轻松的闲职。这看法绝对错误。

　　因为梁山是个军事组织，读者不期然用策划军事行动的本领和武功的水准，来衡量头目对山寨的贡献。宋清一例可以用来揭发这种观念错误的程度。

尽管梁山靠武力来维持生存和扩展威势，铁马金戈之事并不是日日为之的，不可一日或缺的是伙食供应。梁山不是个小集团，到大聚义的时候，头目、喽啰、家属合计必过四万人（分攻东平、东昌时，每路分配步马军一万人，水军另计，加上留守山寨的人马和众人的家属，四万余人是个保守的数字）。每人每日三餐，肉类、菜蔬、主食、杂粮、饮料（光是酒的消耗量就必巨），论数量，讲品类，样样都必然是惊人数字。单以量计，必定等于好几家现代大饭店的每日总供餐量。加上那时候没有冷藏设备，没有罐头，按时大量供应新鲜食物是十分困难的。宋清处理起来，井井有条，起码从无人埋怨食物质劣量差。

宋清上山前已有铁扇子的绰号。铁造的扇子，摇起来，风未生，臂先痛，废物也。上山前的宋清，在父亲和哥哥的影子下生活，所作乏善可陈，或足称为铁扇子。上山后，这份日夜劳筋累骨、永无止境的工作，却证明他是管理大型机构、保障运作不息的行政奇才！

可惜在《水浒》编写者眼中，宋清始终是废物铁扇子；如果不是给宋江面子，也不会让他排次第七十六名那么"高"。

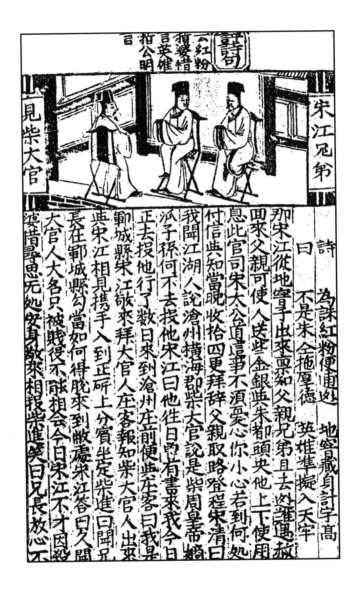

詩曰

一紅粉便甩迎　狍婆惜言英雄　言英雄　拘公明　言

見柴大官　　　　　　　　　　宋江冠弟

詩曰

為誅紅粉便甩迎　地窖藏身計字高
不是朱仝拖厚德　英雄隼隼掘入天牢

那宋江從地窖子出來票知父親兄弟且去凶雄遇赦
四求父親可使人送些金銀與朱都頭央他上下使用
息此官司宋太公道這事不湏憂心你小心若到何處
付信典知當晚收拾四更拜辭父親取路登程宋清曰
我聞江湖人說滄州橫海郡柴大官說是柴周皇帝嫡
沉子孫何不去投他宋江曰他住日久有書來我今日
正去投他行了數日來到滄州庄前便與庄客曰我是
鄆城縣宋江相見柴大官人在客報知柴大官人出來
與宋江相見携手入到正所上分賓坐定柴進曰聞兄
長在鄆城縣勾當如何得脫來相会今日宋江不才因殺
大官人大名只被賊後安身敢來相報柴進笑曰兄長放心不

我明日只揀小路去公人曰押司不説俺們如何得知

次日公人和宋江離店只揀小路去三十里只見山坡

下人衆宋江看見劉唐領兵來殺兩個公人宋江叫曰

兄弟不要不要劉唐住了刀宋江曰你殺公人何意要

唐答曰奉山寨哥哥將令打听得哥哥被官司拏去要

來救牛却知哥、斷配江州只怕路上行錯大小頭領

分四路并候迎接、、上山遠公人不殺如何宋江曰

匆劉唐忙奪刀相勸宋江曰容我去江州听候限滿回

來那時相会劉唐曰不致主張前面軍師吳學究同花

荣那里專差容小弟請來商量喚曜去報只見吳用花

荣二人飛到叙礼罷花荣曰如何不打開枷宋江曰此

是國家法度如何敢擅動吳學究失曰我不留兄長在

寨晁頭目有詰商議山寨小叙便送登程宋江見兄來

道理很简单，编写者连自己笔下创造出一个怎样的宋清都弄不清楚。上山后的宋清应名列天星才对，他对山寨的贡献比好几个无端端列名天星的头目（如穆弘、解珍、解宝）大不知多少倍。

最敦厚的好汉

——朱仝

　　梁山头目出身杂、背景繁，且在上梁山前多曾闯荡江湖。经历这段磨炼期，若非尔虞我诈、恃强制弱，很难自保。既经此锻炼，待人接物犹能本诸敦厚就很难了。且不说以诈谋为生的吴用，以权术建名声的宋江，就算以本性示人的李逵也难教人有敦厚的感受。但这并不等于说梁山头目当中没有朴诚厚道之人，美髯公朱仝就是很够资格的代表。

　　晁盖、吴用等人笨头笨脑地去劫生辰纲，旋即案情大白，引得官兵直扑晁家庄老巢。宋江虽尽速报信，官兵还是在晁盖尚未离开时便已赶到，带领官兵前来者正是与晁盖颇有交情的

千萬貫

黃榜寫米全

忓身克孝惡
號馬盃肥肥

朱仝及其同僚都头插翅虎雷横。朱仝如何义释晁盖，读者多能道其详，不必细讲。需交代者是，取义忘公这一点宋江也做得到。宋江的冒险通风和朱仝的私放疑犯，层次是一样的。

在晁盖集团眼中，二人的施惠却有差别。晁盖等人在梁山安顿下来后，遣金厚谢宋江，对朱仝的感激则没有这程度的表现，仅把他与尚弄不清楚当日在官兵围捕时有无参与义释行动的雷横混起来一提。读者或许会因而得出宋江比朱仝敦厚的结论，因此有先看清楚宋江为人的必要。

经此一役后，宋江便以义薄云天著称于江湖，声名愈传愈远，地位愈弄愈高，势如滚雪球一般。实际上，自往晁家庄报信至落草梁山，宋江涉及之事虽多，真正以义为本者恐难再举一例。劝王英放过刘高妻，以及因给薛永赏钱而与穆春冲突，固可引为善行，但毕竟不属拯救晁盖时忘我冒险的层次，更掩盖不了宋江的好几桩严重罪行。

宋江乘人之危地收用阎婆惜，还以法律文书来约束她和保护自己（就时间而言，金屋藏"惜"可能是生辰纲事件以前之事，判断起来涉及情节和版本演变等复杂问题，在此不论），以及设陷阱、焚烧村落，以达到逼迫秦明走上不归路，都是阴险至极之举。宋江的所谓义行，虚伪和别有用心的成分多，单纯出于真诚的本质稀。通知晁盖逃走是很特别的例外，宋江也因而获得超比例的公关效应。

说过这些才易烘托出朱仝品性之可贵。最起码地说，朱仝从来没有阴算害人。尽管有人会替宋江说话，指目的可以辩解不仁的手段，阴算始终是自视为君子者连想也不该想的恶行。即使朱仝在义释晁盖以后什么都没有再做，单凭从不阴算人一点，他还是比宋江仁厚得多。

事实上，朱仝一直勇于依从良知去办事，绝不畏缩。私放宋江和雷横便是很好的说明。

宋江怒杀阎婆惜后，躲在宋家庄的地窖。朱仝早知宋江有此密室，他和雷横奉命来搜捕时，重施放走晁盖时先差开雷横的故技，独会宋江，劝他另找可以栖身之所。事情公私相混的性质，以及朱仝择义而行的处事态度，和此前义释晁盖很相近。

私放雷横性质虽也一样，后果却严重多了。一些本可避免的误会使雷横杀了歌女白秀英并毒打其父，因而被捕，判以死罪，由升了级的朱仝押往济州行刑。朱仝和雷横以前是同职同事，经常一起出差，感情不错，但性情迥异，交情称不上推心置腹，因此先后在围剿晁家庄和往宋家庄搜捕宋江时，两人均

朱仝義釋
宋公明

朱
鄭天壽
仝

没有议定一致行动，还互相猜疑。有此背景，便很难期望朱仝会奋不顾身地帮助雷横。朱仝竟愿意自毁前程，宁身陷囹圄，也要放走雷横。他对雷解释说，雷有高堂，他无父母，故值得牺牲。情形很简单，假如心胸窄隘、性情急躁的雷横易地而处，很少读者会期望他做同样的抉择。

这样讲还未能确实道出朱仝交友尽义忘己的程度。读者不要以为朱仝因无父母，故可以无顾虑地再三用以身试法的方式去救助朋友。其实朱仝有妻有儿（见第五十二回开始处），但救起朋友来，全不念及家人的安危！

相形之下，梁山酬答朱仝的方式则简直是天人共愤。朱仝救雷横，换来的是刺配沧州。幸好沧州知府是明白人，又见朱仝一表非凡、面如重枣、美髯过腹，十分怜惜，不把他看作服刑犯人，只要他当保姆，照料年仅四岁的小衙内。刑满后，朱仝不难重返正常生活，该不是无根之言。

岂料梁山集团决意报答朱仝，而所采的方式竟是派冷血杀手李逵去把天真无邪、活泼可爱的小衙内一斧自头劈下去，以遂逼朱仝上山之诡计。此计不独对朱仝不公平，其血淋淋地摧残一个心地善良的地方官的家庭更是恶贯满盈，连高俅一类人也不会做之滔天罪行。知道阴计的雷横不仅没有设法劝阻，还跑来沧州帮助和观看计谋的施展，原先受朱仝厚恩的晁盖、吴用和宋江更是合同布置阴计之人。不仅如此，编写《水浒》者还要强人朱仝以罪，在该回的标题说朱仝"误失小衙内"。按文法和语义，此标题只能解释为小衙内之丧生是朱仝误采行动的结果，故事讲的却是宋江等人有计划地冷血谋杀小衙内。就朱仝而言，何误之有？他始终未做过任何足以导致小衙内死亡的事，而且在整个事件中完全处于被动的地位，根本毫无选择可言。朱仝之善与彼辈之恶，对比得昭然若揭。此事更为"替天行道"的招牌做了彻底的诠释。

盛怒的朱仝当场要追杀李逵，这是理所当然的反应。但朱仝上梁山后，并没有找机会向李逵泄愤，连冷嘲热讽的话也没有说（这种话李逵也未必听得懂）。朱仝悟透唯大智能饶恕、独仁厚能刚大的道理。

就算梁山头目当中还有别人配称敦厚，逗小孩子喜欢、真以和小孩嬉戏为乐者，舍朱仝，不能再另举一人。

最难理解的女人

—— 刘高妻

　　宋江在往青州清风寨投靠该处副知寨小李广花荣途中，为清风山强人锦毛虎燕顺、矮脚虎王英、白面郎君郑天寿所获，几乎成了烹调醒酒汤的材料。旋因燕顺等知道这就是他们渴望结交已久的孝义宋三郎，宋江转即成为三人争相纳拜的对象。

　　这份新交情很快就受到考验。好色的王英要享用特意下山抢来的清风寨知寨刘高貌美如花的妻子。宋江虽初误会她是花荣之妻，后来想想她既是花荣同僚之妻，不帮此忙，日后也不好看，便联同燕顺、郑天寿逼王英放人。王英十分不愿意，还是放她回去。整件事情发生得很快，充其量只经历了一两个时

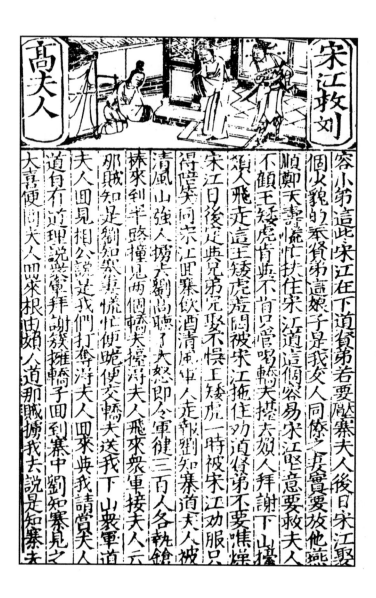

容小弟遠此宋江在下道貧弟若要壓寨夫人後日宋江要
個火貌的本貧弟遠娘子是我父人同條，兵會要救他燕
順卿天聲慌忙扶住宋江道這個容易宋江堅意要救夫人
不顧毛矮虎肯聽不肯只管喝暢夫搭去殺人拜謝下山擾
頌人飛走這王矮虎疑悶被宋江拖住劝道貧弟不要嘆煤
宋江日後定與兄弟兒聚不惧王矮虎一時被宋江功服只
得喧笑同宗江回寨飲酒清風山単人走報知寨道夫人被
清風山強人搶去劉尚聽了大怒即令軍健三百人各執鎗
抹來到半路撞見兩個轎夫撞淳夫人飛來衆軍接夫人六
那賊知足劉知寨慌忙便蛇便交轎夫送我下山衆軍道
夫人回見相公說述我們打奪游夫人道請賞夫人
道自有道理說叢童拜謝擁轎子四到寨中劉知寨見之
大喜便問夫人叩來根由娘父道那賊擄我去說是知寨夫

辰。宋江这次干得漂亮，自己也觉得做到公私兼顾了。

逆料待宋江和刘高夫妇元宵相遇街头（宋江未必已看到她），刘高妻竟对其夫说："兀那个黑矮汉子，便是前日清风山抢掳下我的贼头！"于是惹出一连串互系相扣的大事，给《水浒》带来好几回热闹的故事。其中最关键的问题却始终未见有合理的解释——为何刘高妻恩将仇报至此全无人性的程度？

最现成的答案出自花荣之口。受尽刘高夫妇欺压的花荣甫听完宋江自鸣得意地讲如何在清风山救美后，便毫不客气地直指刘氏夫妇为值得借贼人之手重重教训一顿的坏蛋。这泄愤之言等于说坏人只会做坏事，不必每事分开来看。刘高妻之以怨报德不能从此角度去解释的。

明万历容与堂百回本《水浒传》该回（第三十三回）的回末李卓吾总评所说的不仅是类似的话，"刘高妻子是个淫悍之妇，不消说了"，还凭空斥她为淫妇（"悍"不成问题）。《水浒》书中何曾说她淫？假如她真的是淫妇，自应欢迎床笫经验丰富的王英对她有兴趣，又怎会白白错过享乐好时光，乞求宋江救命？中国文化有一特色，喜按非白即黑的观念去评定人物，白者纯白，黑者绝黑。这显然不是求公平答案的法子。

今人的诠释亦不比此类传统说法高明。小说家张恨水（张

宋江夜看小鳌山

心远，一八九五至一九六七）谓刘高妻以曾在清风山求助宋江为耻，故视宋江为寇仇（见其《水浒人物论赞》，页九十四至九十五）。但刘高妻根本不知道宋江是谁，况且求助之事未尝外泄，何耻之有？因何反要自我宣扬？

另外，香港作家刘天赐在其《水浒启示录》以为刘高妻因无法证明其在清风山未被侵犯，满肚怨屈，故见了宋江便发作，不理何谓恩何谓仇（页一一七至一一八）。这解释亦说不过去。虽然刘高妻不详宋江的背景，但起码知道他不是山寨王，由他代其解铃，说明当日的情形，再好不过。反过来说，就算活生生地把宋江打死，对还自己以清白一点帮助也没有，说不定还会导致欲盖弥彰的后果。

刘高妻的行为其实不难解释。刘高妻脱险后，对众人说，她一挂出丈夫的伟大招牌，贼人便吓得慌忙下拜，送她和被扣的轿夫一同下山了。这是刁钻悍妇维护面子之法，也是人之常情的事。大概因为她在山寨停留的时间不长，回家时尚衣冠整齐，家人都相信她的话。宋江的出现给她带来难以操控的危机，于是先发制人，搬出新的谎话去掩饰前一个谎话。事情就是这样简单，也是说谎者经常走过的历程。

最挂错招牌之人

——黄信

梁山人物的绰号就是他们的招牌。绰号不管是自称的，还是人封的，大率通过某方面特质的彰显去产生视觉效果，以求易给读者留下印象。特质的选择可以因人而异，本领、外貌、所用武器、品性、行业、事件都是惯常的着眼点。这些很明显，不必举例。类别也有综合性的（"黑旋风"和"浪里白条"就是串联外貌和本领）。甚至具反讽意味、暗喻某人差劲的，亦能达到产生深度印象的效果（铁扇子、白日鼠可为例）。如果说绰号的夺目性与准确性和读者所得印象的深浅程度成正比例，这观察该是不成问题的。

鎮三山大鬧青州道

问题倒出在不是每个梁山人物都如金圣叹夸大其词说的活现纸上。事实是面目模糊的梁山人物多至几乎难以点算。（情形的严重程度，举一例就够。谁说得出解珍、解宝这对高高列席天星的兄弟究竟有何分别？）人物造型不够个性的原因很多，现在仅通过黄信之例去说明挂错招牌所产生的反效果。

　　黄信的镇三山绰号一开始就不够准确。情节发展下去，还愈弄愈糟。

　　黄信首次出场时，《水浒》重重复复地说，身为青州兵马都监的他威镇本州三座强人占据的山头（清风山、二龙山、桃花山），因而立大功，而且黄信也自夸要捉尽三山人马。这仅是一厢情愿、从未配合实际行动的意念。让读者细细看清楚的却是，清风山诸头目如何品尝挖过路客心肝配制出来的醒酒汤，桃花山的周通如何强娶山下刘家庄庄主之女，邓龙时期的二龙山如何打家劫舍（鲁智深、杨志夺取该山后，要养活数百名喽啰，除照旧打家劫舍外，也不可能有别的生存之道），一幕幕土匪横行、无法无天的勾当。试看刘家庄虽遭大劫，却不觉得有报官求救的必要，便可知黄信辈的所谓维持治安，在老百姓心目中是怎样一回事（这里说的还不是一般的平民百姓，而是应有若干特殊社会地位的庄主）。黄信的镇三山绰号一开始就是无根之谈。

及至黄信押送宋江和花荣往青州，清风山的燕顺、王英、郑天寿来劫（第三十四回），从他们的对话才知道双方原来从未碰过头！黄信失责的程度，由是可见，青州地区不弄到盗贼如毛才怪。

燕顺三人既来劫囚车，黄信只好和他们交手，斗了十回合，眼见支持不住，怕坏了名声，回马便逃。燕顺等虽皆平庸之辈，三人合起来怎样也是一股力量，黄信败退，不能便说他不行。但镇压三山所得具备的本领（特别在鲁智深、杨志入主二龙山之后），怎也不能期望于他。

这样看来，镇三山这绰号自称的比人封的可能性大。

《水浒》人物不乏本领与绰号有差距的例子（智多星吴用就经常粗疏得很），故黄信的虚张声势本不必大惊小怪。值得特别注意的是，《水浒》的编写人看不出严重的时空局限性使镇三山这绰号无法和情节的进展相配合。

黄信出场之初，不管是否自夸，他确可以用镇三山这绰号，因为那时强人在他管辖的地域内占了三座山头是书中写得明明白白的事。可是，他旋即听从师父秦明的游说，向清风山

黄信解送

宋江花荣

去聴得三十面大鑼一齊鳴寨兵都慌了黄信喝曰你們都与我擇開叫刘知寨押着囚車黄信拍馬向前看時只見五百喽囉圍住林中跳出三個好漢錦毛虎燕順矮脚虎王英白面郎君鄭天寿喝曰你們不得无礼鎮三山在此三個大喝你是鎮万山也要三千两黄信曰我是上司取公事都盗有甚買路錢錢燕你三個大曰便是趙官家駕过也要三千貫買路黄信拍馬挺鎗來战三順三個挺刀來迎黄信鬥了十合怎当得三個撇了衆人独自飛馬跑走四清風镇衆軍各棄囚車四散走了刘高見势頭不好勒馬跑走小喽囉捜起絆馬索把刘高馬掀翻倒撞下來喽囉剝了刘高衣服與宋江穿了一把開牧出宋江花荣喽囉剝了刘高搶起囚車打他馬騎送上山去这三個同花荣把刘高綁押囮聚原

献城，再随花荣、燕顺等投归梁山大寨。换言之，打从读者认识他算起，镇三山这绰号的适用时间仅维持了短短三十来天而已。自他放下吊桥，迎接清风山人马进城那一刹那开始，他就不能再说威镇清风山了。

黄信成为梁山集团一成员后，二龙山和桃花山维持原状好一段日子。但他寄身水泊，青州之事和他已风马牛不相及，根本说不上镇与不镇。他的绰号却依旧如昔。

其后桃花山（李忠、周通）、二龙山（鲁智深、杨志、武松、施恩、曹正、张青、孙二娘）和白虎山（孔明、孔亮）诸人同归梁山大寨，昔日和黄信敌对者也就全成了兄弟，他还是用那旧绰号。兄弟相处，朝夕高挂那面"我镇压你（或我镇压过你）"的褪色老招牌，岂非恐怕感情过佳，生活过得太调和！就算黄信对此尴尬情形真的全不察觉，原出三山的头目难道没有一人会半开玩笑地提醒他？不要忘记的是，李忠、周通、施恩之流都不是心胸宽广之人。

或者有人会辩说，上列诸人不少是在黄信离开青州以后才到那些山寨的，未曾和黄信敌对过，不见得会计较黄信那个陈年标记（黄信上梁山后毫无建树可言，也确要靠昔日那丁点儿的光荣来撑门面）。这样说，忽略了很重要的一点。小山寨寨主之尊是那班人投靠梁山前的最后身份，是加盟大寨的筹码，看轻不得。当梁山因成员日增而多次调整头目名次、重新分配工作时，也都考虑到这类出身背景的条件。对当事者而言，经营小山寨应是不容侮辱的履历，就算以前没有和黄信敌对的，只要在那些小山寨待过，都会对黄信那破旧招牌反感。

这还不算，经营青州三山的经验一旦给否决，其他来自背景相同的小山寨者也难免蒙受负面的影响。对黄信的绰号不以为然者当不限于青州三山各头目。

黄信放弃军职以后，镇三山这绰号本已失去时空的根据，又足以破坏梁山的人际关系，不管这绰号原先是自称的还是人封的，编写《水浒》者早该看出这毛病，找机会去另给他个新绰号（梁山人物依所用武器立绰号的，如双鞭呼延灼、金枪手徐宁，数目不算少，读者谅能接纳丧门剑黄信一类的组合）。

就情节而言，如镇三山这绰号果真是自称的，黄信便应在入伙梁山后自行更换，以示新的开始和关怀兄弟们的感受。他没有这样做自然是《水浒》编书人照顾不周之失。

招安以后那些狗尾续貂的部分（不论讲的是繁本还是简本

《水浒》）就更糟，情节既以辽国、淮西、河北、江南为背景，与梁山人物周旋者，友也好，敌也罢，早已没有几人管梁山水泊究竟是块什么地方，更遑论青州地面那三座小山头。黄信却始终是我行我素的镇三山！

编写《水浒》原书者和后续征辽等部分者均弄不清楚，黄信的绰号别成一格，太受时空所限，情节一旦改易，它就非更换不可。

最麻木不仁的梁山人物

——秦明

梁山人物当中，甚至在整本《水浒传》所讲的人物当中，找不到比秦明更麻木不仁的人。

梁山诸人视生灵如草芥者，不难举例。李逵毫不犹豫地执行宋江的命令，斩杀天真无邪的小衙内，一斧自头部砍下去，切为两半，便是很易想得到的例子。但在这些例子里，被杀害的都是无关痛痒的陌生人，替此等行径辩护并不算难。秦明一例的极端程度则远超过这层次。

眼见发妻不仅替自己挡灾，惨遭横死，头颅还被挂在城墙上示众，秦明盛怒的反应是正常的。问题在这反应只维持一段

八 矢 鏃

霹靂空喜明
搜前家鳥羽
夫經不貳

短到难以置信的时间。两三天后他便高高兴兴地迎娶新妇了!谁相信如此麻木不仁的人会因得新妇,而有红袖添香之感和会自此改变其粗暴的性情?

这里还有虚伪和自私的成分。既然刻意要有家室(两次结婚),却不肯对伴侣付出起码的感情。

假如《水浒》说秦明见到妻子的头颅高挂城墙时无动于衷,也就是说慕容知府泄愤的行动得不到预期的效果,写来或会较高明,更配合秦明的性格。

軍尋路

秦明同教

极林中閃出紅旗来秦明引了軍馬赶将去時鑼也不响紅旗都不见了秦明看那路時只是砍柴小路却把乱柴交叉當了路口正待差軍開路只見東山邊鑼响一隊紅旗軍出来秦明引了人馬迤过東山看時鑼也不鳴紅旗不見了秦明綵馬四下尋来秦明拍馬奔来西山西邊山上鑼又响紅旗軍又出来秦明急奔西山看時着時又不見了又聽得東山邊鑼聲振地秦明带人馬又赶過東山看時軍旗都不見了秦明氣蒲胸脯喝令軍士上山尋路軍人禀曰這里都不是正路只除東南上有條大路可以上去秦明听了便曰既有大路随夜赶将去随带軍馬东東南用上来着·天色晚了人困馬乏正欲下寨造饭只見山上火把乱起鑼鼓乱鳴秦明怨恼馬軍跑上來树林内乱箭射至秦明只得回馬下山且交軍士造饭恰绕举得火着山上火光

最可怜的女子

——秦明的元配

秦明奉命攻清风山，打了场败仗，被宋江诸人活捉过去。宋江立刻设陷阱，明留没有选择余地的秦明喝酒过夜，暗则派人冒充秦明去放火烧村落，杀死男女不计其数，害得秦明之妻被盛怒的青州慕容知府斩首示众。她死时，连因何落得如此下场都不清楚。

按何心的统计，秦明被擒是政和七年（一一一七）正月二十日的事，而他再娶的日子是二十三日。顺理推算，秦明之妻是慕容知府得知火烧村落事件后才遇害的，即二十一日早上。换言之，妻子被杀不出三日，头颅可能仍挂在城墙上，秦明便再小登科了！谁会相信秦明和其元配原为恩爱夫妇。

婚姻不愉快，复无故横死，谁谓秦明的元配不够可怜！

霹雳火夜走瓦礫場

最受屈的女子

——花荣之妹

宋江视花荣之妹为政治筹码，分配她给老婆枉死的秦明为继室。宋江不过是花荣多年重遇的朋友，他哪有支配花荣之妹的命运之权力？他哪有为促成美满姻缘而当月老的心意？秦明的元配既死于宋江的设计，替秦明找新妇，自有赎罪的意味在。

花荣同样荒谬，竟赞成这宗只有政治企图而不顾及感情的勾当。布置陷阱，害得秦明家破人亡，以期逼他入伙的计划，花荣也有份。很难说他安排妹妹去当秦明继室的决定全无补赎的成分。

江山易改，品格难移。按秦明的火爆性格，他不可能是个温柔体贴的丈夫。即使他有改善的可能，为人兄长者就该拿妹妹的一生幸福去赌博吗？假如秦明不时用元配足以怀念之处去和新人比较（如此做也是人之常情），情形就会更糟。意图赎罪，起码可以部分解释花荣的决定。

补偿与否，花荣不关心妹妹要终生面对的后果，总是事实。宋江更不理会这些。花荣之妹愈是漂亮贤淑，愈会叫人觉得不值（这当然不是说品貌平凡的女子便可随意牺牲）。

《水浒》没有提及秦明和花氏的婚后生活。这可作无家庭纠纷解。但相安无事，并不等于琴瑟和谐，更不能解作秦明被贤内助潜移默化了。在以后的情节里，秦明始终是名副其实的霹雳火，看不到有性情变得温和的迹象。婚后无可述之事，与其说是生活美满的反映，毋宁指为花氏性情内向、逆来顺受的表征。视息事宁人、甘受屈而不愿负人的性格为贤淑，恐未必是读者都同意的。不管花氏是否贤淑，她始终毫无选择的余地，入居梁山这个小天地以后更是如此。丈夫和哥哥同为山寨的主要头目，原先撮合她和秦明的宋江更是整个组织的老大哥，她还可以反抗吗？仍可以改变已成的事实吗？

宋江前后强凑两对夫妇——配花小姐予秦明，派扈三娘给王英。扈三娘是战俘，不容她选择，说得过去。花荣之妹的情形则截然不同，竟在兄长的所谓呵护下，得到和战俘没有分别的待遇！《水浒》对待女子经常很苛刻，但是书中的女子还是没有比花小姐更受屈的。

或者天公见怜，这段强凑婚姻并不算维持太久。自秦明娶花小姐至宣和二年（一一二〇）四月梁山大聚义仅三年零两个月，三年多以后，秦明死于征方腊的战事，这段婚姻充其量维持了六年半。侍候一个粗暴有余、情趣欠奉的丈夫，这段时间虽不长不短，也该够花氏受的了。

宋江征方腊是《水浒》演化过程中早有的故事，起码就现今的《水浒传》而言，方腊部分应和招安以前的故事等量齐观。这就是说，秦明之死是秦明整体故事不可分割的一部分。秦明战殁后，书中绝口不提花氏的感受。如果说秦明和花氏的感情乏善可陈，该是讲得通的。

花荣之妹是无奈接受命运安排的政治牺牲品。

最戆直的好汉

——武松

武松是个正气凛然、逆来顺受的铁铮好汉。不管是原来的武松，还是当了行者的武松，《水浒》读者均拜服其丰姿，连以诛杀梁山人物为务的《荡寇志》写武松结局亦无丝毫不敬之意。武松的性格有自招祸患的一面，却不是一般读者所易察觉的。

自武松出场至投靠二龙山（自后就变成集体行动的一分子了，个人因素随减），苦难一个接一个。乍眼看去，他所受之苦并不比林冲温和。这样讲忘记了林冲、武松二人之间有一大区别。林冲的苦难来自截然不同的好几方面（包括梁山集团只

行者武松　申大蒙衫褂頭鞔兜哭兜火棍

景陽岡武
松打虎

管利用他的特殊声望和武功，却漠视他的存在），武松所遭遇的困难则往往可以从他的性格找到解答。他戆直的性格给他带来一连串的麻烦。

戆直的人对周遭的事物很难作平情分析，更缺乏预视结果的本领，仅凭直觉和性情做出反应。从这角度去看，武松所遭遇的困难不少都可以得到解释。

武松初露面时，已在柴进处养疴了一段日子，感到主人慢待，遂大发脾气。这是对自己的感受缺乏操控能力，且昧于世故人情的写照。柴进喜客，乐于助人，天性使然，并不计较名利。但客人总有初来与久住之别，感情亦难免有疏近之分。柴进、武松二人本不相识，武松因病来投靠，又住了好些时日，怎能期望主人始终保持他刚到时的款待层次？宋江是虽前有交往，至此才初次会面的朋友，理应隆情款接。武松见了，本已满腹醋味，用来取暖的火盘（武松患疟疾）又被有八分酒意的宋江踢翻，一时怒火冲天，揪住要打宋江一顿，还破口大骂主人。

如此不近人情，说他戆直，恐怕也宽容了。对主人再不满意，只该悄悄地离去（鲁智深在桃花山待得不痛快，在山后溜走，便是理智的处理办法），绝不该辱骂施惠者。倘柴进不够

張都監血濺鴛鴦樓

阔大，而宋江又城府不深，情形可能变得很难收拾。

潘金莲卖弄风情、勾引武松的时候，他的反应亦戆直之极。他只看到自己的人格被侮辱和大嫂有对哥哥不忠的倾向，以为一怒迁出就可以解决问题。他不理会（更不要说同情）潘金莲悲剧性的遭遇、自知不配的哥哥对妻子的珍惜（不惜迁往别县以避流言）、叔嫂之间日后的极难相处，以及这行动对兄嫂间感情的影响。换上机灵的燕青，就绝不会把事情弄得如此僵。譬如说，武松大可以一脸无奈地对潘金莲讲："嫂嫂，对不起，您不要单看武二这外表。我有断袖之癖，女人怎也引不起兴趣。嫂嫂，这事连哥可也不知道，拜托，千万代我保密。"短短几句值得说的谎话准教潘金莲吓得目瞪口呆、不知所措。此招一出，不仅可以化解眼前窘局，说不定潘金莲因没了非分之想，以后还会加意照料这个可怜小叔的起居。何必一下子就把事情弄到没有转圜的地步？武松硬来直去的鲁莽之举只会激使潘金莲讨厌武大郎，伏下日后因偷情而杀夫的发展。

醉打蒋门神和血溅鸳鸯楼何尝不是这样子。施恩是个连妓女皮肉钱都要打主意的恶毒败类。他原不赏识武松，后来知道这是位打虎英雄，虽想利用，还是要先考验一番才肯设法拉拢。武松看不见施恩毕露无遗的丑恶面目，他看得到的仅是那几顿别有用心的饭菜，便毅然替施恩去争夺干昧灭良心勾当的地盘。随后张都监设圈套，酒色齐下，本明显不过，武松还是毫不防范地掉进了陷阱。

武松为人光明磊落、爽直尚义，不记仇（不计较孙二娘差点儿把他变成包馅，便是例），崇法纪（兄长被害，换上当事人是李逵，甚至较慎重的解珍、解宝兄弟，必会直闯王婆和西门庆二家，大开杀戒，一了百了。武松则要循法律去解决）。这些值得欣赏的优点并不阻碍我们明白，武松所遇之苦不少是他戆直的性格所造成的。

最凶残的禽兽

——孙二娘

《水浒》读者往往举李逵和武松为嗜杀、残忍之例。李逵视杀人为儿戏，乱砍乱斩之例俯拾皆是，自不必代辩。但李逵滥杀每给人其不知何所为而为的印象。至于武松的残忍，大家恒举鸳鸯楼事件，斩瓜切菜般一口气杀了十五人以为例。其所为固不应谅，但还可理解，那是盛怒掩眼之所致。李逵和武松的杀戮无辜止于杀戮，并没有在尸体上玩把戏，更没有涉及私利。

他们二人的所为还算温和，只要看看孙二娘的兼备上述两种特征便不难明白。这个名副其实的母夜叉所经营的是黑店，

二 又 鈔

母夜叉孫二娘

殺人為书天下雖之咬易利

張青　孫二娘

杀人就是职业。这样去杀人，与深仇大恨，与受人指使，与怒火中烧全沾不上边，更不能循例性地赠以"劫富济贫"的挡箭牌（且不说难期望富豪光顾这种不起眼的店子，书中根本就无讲张青、孙二娘夫妇如何借黑店去劫富济贫）。不管选择地还是不选择地谋害顾客，黑店始终是专为谋财害命而设的勾当。因谋财而长期冷血杀人，凶残程度比李逵、武松等一时冲动的行径不知恶毒多少倍。

谋财害命孙二娘尚嫌不够，还要废物利用地卖人肉、制包馅，再发一次财。在店内买人肉馒头吃的（堂吃外还有外销，见后），又大有可能中蒙汗药的招，复沦为"牛肉"和包馅，于是小本生意（说实在的，也确要面粉、水酒等本钱）得以循环不息，愈赚愈有。其夫张青虽原先务农，得菜园子绰号，在剪径生涯中娶得此妻，也就无意重返本行，仅不时轻轻松松地挑些人肉馒头去村里卖。真个是好一对"妇唱夫随"的佳伴侣。

生意既然是这样子的，就带出一个很少人注意到，却绝对重复发生，且比任何恐怖影片还要吓人的镜头——由尸体变成"牛肉"和包馅的过程。赤条条的尸体不分男女老幼地放在大切板上，胖子的肉割下来当黄牛肉卖，瘦子的卖作水牛肉，

母夜叉孟州
道賣人肉

碎肉剁为包馅。这过程不是做得很小心的，连不便处的毛有时也混入包馅里去，故切割斩剁之间必血肉横飞。剁包馅的情景尤只该是地狱始有。那时尚未发明刮肉机（现在的国际汉堡包连锁店用特制的刮肉机，全牛无废料，连骨的外层都刮下来），备碎肉先要逐小块地慢慢切割，待有所积才能剁。那时没有磨肉机，剁肉就只能像电视烹饪节目中师傅表演左右手双刀剁肉的样子。有丝毫恻隐之心者连参观这种制作过程都绝对受不了，更遑论亲自动手剁。孙二娘却处之泰然，日日为之。这个黑店老板娘只配当禽兽！

仅该在《醒世姻缘传》那类畏内小说中亮相的张青也不是好货。因娶了此"眉横杀气，眼露凶光"的夜叉精而得吃安乐茶饭的他只用些不害云游僧道、行院妓女、充军罪犯的假惺惺语来劝老婆收敛一点（难道上路应试的读书人就该杀？姑举一例便足见其荒谬）。这个丈夫本来就是入赘式的，此话又说得轻描淡写，全无规限性的约束，理他才是多余，只要老娘喜欢还是照杀，照做"牛肉"生意不误。在张青多次说过那些劝戒后，鲁智深还不是险些变了包馅，武松装扮行者所用的道具仍不就是这样来的！这个禽兽当人妻子，就是目中无夫的泼妇。

在盲目吹捧《水浒》者的眼中，孙二娘却是女中豪杰。颠倒乾坤弄出来的笑话，不可能找到更胡闹的例子。

最倒霉的恶霸

——蒋门神

　　《水浒》前三十回时有准梁山好汉对付土豪恶霸、采花道士的故事，且多由尚未上梁山的鲁智深和武松包办清理工作。此等故事为数虽不少，分门别类下来，真正路见不平、拔刀相助之例就显得颇有限了。

　　首先得指出的是，倘恶霸为准梁山人物，那就不能铲除，只能令他们罢手（罢手也可能是暂时的，谁敢保证鲁智深自桃花山溜走后，小霸王周通再没有强"娶"邻近妇女；或保证宋江离开揭阳镇后，没遮拦穆春不再鱼肉乡里）。在这些例子里，扶弱的因素固然有，锄强的实质则未必存。

蔣門神拜　降武松

樓子便蹌下去武松左脚踢着蔣門神額角望後便倒武松
踏住胸脯把拳頭便打蔣門神在地下大叫饒你武松喝道
若要饒你性命依我三件蔣門神在地下依我三百件依
得武松指定蔣門神說出三件事來大鬧孟州城來上梁山
泊改頭換面而來尋主剪髮鬈眉去殺人下四分解

○第廿九回　　施恩三進死囚牢　武松大鬧飛雲浦

一切諸煩惱　皆從不忍生　見机而耐性　妙悟先光明
佛語無論　儒書貴莫爭　好餘快活路　只是少人行
武松喝佳蔣門神在地下依我第一件要你離了快活林將
家夥什件交還施恩施因第二件你便要連夜請快活
林為頭的都來與施恩陪話第三件你便要速回鄉不許你
在孟州住若不去時我再見流打死你蔣門神連声應道將
忠都依得武松就地下提起蔣門神看時打得歪嘴腫額

行事也可能有自卫的成分在。鲁智深碰上强占瓦罐寺的淫道，倘不动手，自己也遭殃。严格来说，这样的事例就算仍视作剪除恶霸之举，也得另归一类。

倘要求恶霸既非准梁山人物，事情又原不涉及行侠者本身的安危和利益，始算真正是除暴安良之举，例子就不多了。鲁智深拳打镇关西是相当单纯的佳例。

武松醉打蒋门神是读者耳熟能详的故事。虽然表面看来，它和镇关西一例分别不大，实质意义则颇不同。首先得说明一事。鱼肉乡民者如果应杀，那么镇关西、周通、穆春、蒋门神和张横等随意谋杀旅客的江洋大盗、开人肉包子店的张青夫妇，以及那些采花道士全都该死。行侠者动手惩罚除一视同仁外，别无选择，也不应有选择之念。编写《水浒》者却不这样想，而认为准梁山人物上应天宿之会，值得特别宽待。周通、穆春、孙二娘等挨揍一次就够了，而张横等假船家、真水贼，连挨揍一次也不必。这是将来在杏黄旗下替天行道者享有的特权。镇关西、蒋门神诸人同样是虐暴百姓的恶霸，因与梁山搭不上关系，则非死不可。

纵使用《水浒》这条不文明法则去衡量，蒋门神一事仍是极端之例。蒋门神蒋忠是金眼彪施恩的翻版，罪行一模一样

（其实罪行的严重程度要比施恩低）。该死的蒋门神终死了，施恩却成了得意洋洋的最后胜利者。

只要弄清楚施恩的情况，真相便可大白。施恩之父在孟州管理监禁充军犯的牢狱。施恩本身并无一官半职，却在监牢助父为非作歹，虐待发配至此者，并强逼他们交杀威棒费。即使把收杀威棒费说成是难免的行规（形象清直的戴宗也收这种背昧良心的钱），施恩既非职责所在，本不应插手其间，更不应助父为虐（施父如此恶毒，施恩倘有点正义感，就算不采大义灭亲的极端行动，也早该离家他去）。这尚算是较轻的罪行。他还把牢犯充作家丁用，擅率壮健者招摇过市，在快活林开赌档，营妓馆，征收保护费（当然这是父子同科，如果施父不同意，施恩也不能这样做的）。视恶如仇者当诛之而后快，武松却中了他的圈套，竭诚为他服务，盲目听他指挥。

武松初到之时，施恩还把他看成是一般犯人，要榨取杀威棒钱。及得悉武松是打虎英雄时，仍满腹狐疑，要看了即席表演，才肯信赖。施恩分明是小人之尤，他猜疑的程度连王伦也莫及。他之所以改虐待武松为善候其饮食，不过希望能够收买武松，以遂报仇之念，所谓仇完全是见不得光的黑帮私怨而已。他的快活林地盘在武松未抵达前被实力更雄厚的蒋门神抢

武松醉打蔣門神

了，他无力夺回，又不甘心，遂希望找高手代他出马。可怜头脑简单的武松，几顿好酒菜，就足令他是非不辨，跑去替施恩夺回作卑鄙生意的地盘，也教训了蒋门神一顿。事情随后急剧发展，遂有血洗鸳鸯楼的结局，蒋门神被砍死，武松只好亡命江湖。整件事的赢家只有一个，就是再度称霸快活林（不管多短暂）的施恩。

蒋门神罪有应得，不在话下。问题在他所犯之罪并不较不少准梁山人物为严重，《水浒》处理起来却采两套截然不同的衡量准则。这本已极不公平，更何况蒋门神和其他非准梁山人物的恶霸之间，还有一很重要的不同点。他有一个犯同样罪行，且罪行比他有过之而无不及的准梁山人物对手。起码蒋门神仅纠合一般的小混混为手下，施恩却调拨公费养的囚犯充干不道德买卖的实力班底。《水浒》竟把二人作为善恶对比来描述。假如没有施恩这对手，蒋门神不大可能被形容成较镇关西坏得太多的。

蒋门神是个倒霉透顶的恶霸。

最不为人赏识的英雄

——时迁

梁山聚义，如百川汇海，等到一百零八个头目全齐集梁山的时候，预期之数已达，就再没有成长的空间了。于是排座次，定名位。按道理，名位是各人先后行事的总评价，事功的轻重因此应和名次的高低成正比例。

理论虽如此，许多梁山人物的名次却无法用书中所讲的情节去解释。鼓上蚤时迁排名第一百零七，就是莫名其妙到极点的例子。

时迁在病关索杨雄翠屏山杀妻时才首次露面（第四十六回），并不算早，且碰上《水浒》述事通过随后的三打祝家庄

鼓缶而歌

四矢 鼓缶

生者挽卑死而厚葬偏乃瓦之速柝之言歟

事件，转以集体行事代替个人行动为结构脉络，倘缺乏表现、事迹不彰，应属意料中事。读者对一般后出而又排名靠后的梁山头目均感陌生，这是此等凑数人物的共同命运。

时迁可不是用来凑足数目的。就算仅以大聚义以前的情节为限，而不理会招安以后四出长征的故事，时迁独当一面、力挽山寨于困境甚至绝境，何止一次！只要从时迁的角度去看这些危机，情形就很容易说得明白。

第一次率政府军来攻的双鞭呼延灼，武艺高强外，还配备两款顶尖儿的武器——连环马和火炮。山寨可以依靠水泊的地理环境去减低所受火炮的威胁。但梁山既不可以长期闭关自守，又无法在陆上交锋时避免不被连环马杀得片甲不留，突破之法就唯有希望能够招得金枪手徐宁入伙，让梁山喽啰有机会学到可破连环马的钩镰枪法。山寨如何用盗甲之法骗得徐宁上山，不用细表。最应明白的是，假如时迁这神偷不已是梁山一分子，整个计划就丝毫没有成功的可能。在梁山发展的过程中，有几次整个山寨的安危紧系于一人的能耐上？单凭这一次的功劳，时迁便足列名天星组。怎会不仅下降为地星，还被压为地星组的倒数第二名？

这也不是时迁建丰功的唯一事例。后来的所谓吴用智取

時遷火燒翠雲樓

大名府，根本就是建筑在时迁混入城内，放火焚烧翠云楼的本领上。

梁山之能攻破曾头市，时迁也有很大的功劳。他潜入市寨中，探出所有陷坑的地点，还留下记号。掌握这种信息对行军之利是不必强调的。

时迁每次建殊功后，梁山领导阶层连随口说句虽无实质意义，却可以对众兄弟产生鼓励作用的嘉许话都省掉。读者受其影响，也就觉得时迁之窃取宝物和混进敌境不过是举手之劳，不能和持械拼杀相提并论了。这是何等不公平的连锁反应！

其实时迁这种看似平淡的任务在续写《水浒》者的心中不断泛起回响。在那些招安后的四出征战中，时迁潜入敌区放火，以便制造外攻内应的局面，且必得心应手的情节，虽重复到令人生厌的程度，但正说明在编写《水浒》本传及各种附加作品者的心目中，飞檐走壁、深入敌境、进行破坏，是很高明、值得再三运用的战术。这也说明，施展这种无往而不利的战术，正是时迁的专任，别人无法分担。这种场面出现得愈重复，就愈是时迁重要性的确认。可是，曾利用时迁去挽救连环马之劫、巧取大名府和大破曾头市的《水浒》本传编写人竟让他在众多梁山头目中排名第一百零七！

时迁可怜的名次，不要说一般读者接受，连不少对《水浒》有精到见解的专家亦无异辞。他们仅希望能够找得出何以时迁应该是第一百零七名的理由。

其中最值得注意的例子就是明末第一才子金圣叹的意见。他按九品中正的规格定梁山人物的级别，归入"下下"组者仅二人：宋江（金圣叹极恨宋江，但有人辩说这是掩人耳目的保护色）和时迁。因何极贬时迁，金圣叹没有作正面交代，仅在时迁盗甲一回（金圣叹本第五十五回）的回首总评以淫妇和小偷并论，指均为《水浒》所极非议者。金圣叹要贬就贬，毫不理会此回以及前后数回并不讲淫妇的故事，更看不出凭武力强夺（归并梁山前的各小山寨，哪一座不是靠此伎俩为生？）和以巧技盗取根本全无性质之别。如果说金圣叹不过认同一般社会价值观念，看不起小偷，因而贬得过火，就等于说，金圣叹根本不明白梁山聚义应是反社会价值观念意识的产品。世俗人贬小偷，尚可理解。梁山集团贬小偷，岂不匪夷所思！

金圣叹之毁时迁声誉较《水浒》本身尤烈。《水浒》只是对时迁的功劳采视而不见的态度而已，并没有如金圣叹之把他定为和淫妇一样下贱。整个清朝，下及民初，《水浒》的流通全赖金圣叹的本子，金圣叹之极贬时迁难免对读者产生很大的影响。

时至今日，除甘受金圣叹所愚，且鼓吹其信口雌黄之语为高深学问者外，其胡扯虽再不易骗人，读者对时迁的观感基本上仍是老样子。

首先突破这困局的是张恨水。他不同意时迁是下下人物，而以为若从道德和法律的观点去看，就算时迁被判为强盗，罪亦在宋江、吴用诸人之下；用建功程度衡量的话，则当列名高于萧让（第四十六名，即地星组的第十名）、宋清（第七十六名）、郁保四（第一百零五名）等。这样说尚不够彻底，且嫌正误参半。

时迁怎样说也不是梁山的领导人物，排名自当在决策人士之后，这是不必申明的。要申明的是时迁所立之功究属何分量。从张恨水所举三人在地星组中层次有别（他看不出宋清是屈居下榜的上品之才），而以萧让名次最高这点去看，或者他以为时迁该排在地星组首十名之内（名次起码要比萧让高）。按上文所讲时迁的功绩，张恨水给他的定位还是不足反映实情。

时迁应列席天星组的中层才对，理由一说就会明白。盗甲是以一人之力挽救整个山寨的特级功勋，在《水浒》书中很难另找一个可资比较之例。火烧翠云楼是别人无法承担的工作，起码该列为一等之功。刺探曾头市或许层次较低，也足称为二等功绩。要在梁山集团里再找一人对山寨贡献如此之大恐极不容易。鲁智深、林冲、武松、李逵等主要人物的故事气势澎湃，仿如神施鬼设。没有了此等故事，《水浒》根本就不成《水浒》。但自他们入伙梁山，至大聚义排座次，除了抽象地增加山寨的声势外，彼等对集团究竟有何实质贡献？不管单子如何开列，他们的成绩只可能比时迁差了一大截！

还有一个更重要的考察角度。时迁自来归后，从未给山寨添麻烦（李逵就不能这样说），而且凡接上层所委任务必迅速准确地完成。这点连吴用都办不到，试想误发伪蔡京信致几乎令宋江、戴宗丧生之大错失如果出自时迁，兄弟们对他的责备会是如何强烈。吴用弄出这样严重的失误，却谁也不敢骂他一句，更不要说因此而影响他在山寨的地位。对时迁而言，这是何等不公平的待遇。

考察的角度还可以再换一个。准梁山成员被山寨看中有某种可解集团一时之急的技能致遭逼害落草之例不胜枚举（相形之下，真正"官逼民反"之例则少得可怜）。一旦危险解决了，这种人就只能留在山寨随班浮游，再无个人事功可言。可是，只为发伪蔡京信而招来的萧让竟能在地星组内排名第十！这样做大有为吴用的过失掩盖的意味。时迁的压榜尾也有替高层掩饰的味道，只不过排起名次来，不是因而得上调而是被极度往下推罢了（见后）。

要知道时迁该如何排名有一可用的衡量尺度。山寨器重金枪手徐宁，列他入仅次于五虎将的八骠骑（八人当中，他还排第二名，首名为花荣）。然而徐宁的戏基本上只得一场，就是破连环马；以后仅随众出入，事迹和事功都几乎是空白的。破连环马是时迁和徐宁合演的戏，时迁担起前半，徐宁负责后半。然而不先有前，则后无从出；故论此役之功，连时、徐平分也是不对的，而该先时后徐。大聚义后，徐宁排名第十八，在天星组的中央。在连环马之役后仍有不止一次伟功的时迁却下屈地星之末，因为时迁的总体成就远优于徐宁，如果徐宁的名次不变，时迁就起码该排名第十七。如果天星的数目因历史的因素非限定为三十六名不可，这个额外的名额还是很容易安排出来的。

扑天雕李应何德何能，谁也说不出他对山寨有何建树，就单凭贵为庄主的身份便高居第十名（梁山集团势利之极，凡是庄主、大财主都必然排名天星组）。即使容他留在天星组，他只配分得个下层的位置。其他不配当天星、大可下拨为地星者也有好几人（如仅在一两件事情中昙花一现，了无事功可言的没遮拦穆弘），故并不需要对天星组作很大的调整，便能替时迁（以及对山寨的日常运作贡献极大的宋清）在组内安排出合理的名位来。

谈到这里，剩下的问题尚有一个。为何梁山集团对时迁如此忘恩绝义，刻薄透顶，不惜把他推落榜尾？解答起来有两个办法。一是考察版本演变，这是很技术性的事，可留待在学报上交代。另一法就是从宋江的心态去寻求答案。

晁盖独掌梁山时，不图扩张，与横挡在前面去路的祝家庄、扈家庄、李家庄，河水井水，互不相扰。待宋江落草，晁盖虽保留寨主之名，实则大权旁落，任由以伸展势力为务的宋江屡次刻意唱反调，并叫晁盖明白他才是指引众兄弟意志的人。时迁偷鸡正是给宋江抓中的一次重要表态机会。正直和没有政治野心的晁盖从梁山名誉被破坏的角度去看，要推和时迁一同在祝家庄惹事的杨雄、石秀出去问斩（时迁已被祝家庄捉了去）。立刻率众反对的宋江不仅赢了，还凭梁山被侮辱的借口扫除了拦挡山寨去路的祝、扈、李三座武装庄园。自此晁盖在山寨的威信日衰，而宋江更肆无忌惮地借故四处征讨，以图增加山寨日后与朝廷谈招安时讨价还价的筹码。在宋江架空晁盖以及在山寨确定成长模式的过程中，这无疑是转折性的关键。简言之，时迁偷鸡帮了宋江一大忙。假如没有这事件，宋江不知要和晁盖硬碰多少次也未必能够得到如此干净利落的双效果（压倒晁盖和清除山寨门前诸障碍）。宋江不酬报时迁，反在不断再利用他之余，还尽力把他往榜尾推，其实是遮掩自己不良心术的法子。

时迁偷鸡时，如果晁盖仍能独主梁山，山寨就绝不会出兵救他，他早已没命了。时迁无论如何是个不由自主、无法与命运抗衡的悲剧人物。但我们不能否认时迁是个身怀绝技、任劳任怨，肯担当、敢犯难，对山寨贡献比绝大多数梁山人物超出不知多少倍的英雄。

最不为人察觉的武林正派高手

——栾廷玉

　　梁山三打祝家庄的时候，虽离一百单八个头目齐会水泊还有一段遥远的日子，集团的规模已相当庞大。祝家庄力量再雄厚，怎样说也只是个私家庄园。这点看看战将的数目便很清楚。只有一个教头和三个祝家兄弟的祝家庄，就算同结盟的扈、李二庄始终保持联防阵线，亦不过添扈三娘和李应两战将（即使连不知武艺如何的扈成也算在内，祝家庄本身的力量外充其量只再加三名战将），实力复分散三处，所采的又是防守之策而非主攻战略，哪有和梁山对敌的条件？故事却不是这样讲。人强马壮的梁山集团在解除扈、李二庄的威胁后，竟屡攻

栾廷玉

祝家庄不下，还损兵折将，最后搬出内借出卖同门的奸细之下策才终能攻进去。所以如此是因为祝家庄的教头栾廷玉把祝家三子祝龙、祝虎、祝彪调教成勇猛异常的高手。

要评价祝家诸将的武功并不容易。战事虽维持好一段时间，将与将单独对打的次数却有限，战迹复存有不少矛盾成分。先统计祝家三兄弟的情形：（一）祝龙和秦明斗十合，不支（第四十八回），和林冲交手三十余合，却不分胜负（第五十回）。梁山攻破祝家庄时，祝龙的坐骑被李逵砍翻，遂跌下马，被李逵劈死（第五十回）。（二）祝虎与穆弘斗三十余回，不分胜负（第五十回）。在庄破时的混战中，为吕方、郭盛所杀（第五十回）。（三）祝彪与李应交手，不敌（第四十七回），与花荣斗十来合，则胜负不分（第五十回）。庄破败走时被捉，为李逵所杀（第五十回）。

从这些记录看不出清楚明确的指标（在庄破后的混战里，祝家诸人已成落水狗，那时的打斗不必算入账内）。林冲武功在秦明之上，二人分别和祝龙斗，战果却不成比例。穆弘在今本《水浒》中是个来历不明的问题人物，他和祝虎交手反映什么并无可用的衡量尺度，而祝虎仅曾和他一人过招。有谓祝彪是三兄弟中武功最佳者，他的表现却难下断语。他打不过李应

（第四十七回），而和花荣斗至十余回尚胜负未定（第五十回）。但在大聚义以前的情节里，李应仅和祝彪单独交过手，所以也没有衡量尺度；论武功，花荣仅属中庸之资（箭射得好是另一回事）。这样说来，祝家三兄弟的武功若按九品中正分级，慷慨地说是上中，严格地判是中中。

加栾廷玉入统计内，清楚程度也没有改变。他一锤打翻欧鹏下马，旋即和秦明打了二十余回，不分胜负（第四十八回）。欧鹏武艺仅属一般，可以不论。与秦明战不算太久仍未定胜负，是否等于说栾廷玉属于秦明的级别（即在林冲之下）？

或者得另换角度才能看得清楚点。足称武艺高强者不能仅如李逵般盲冲乱杀，还应有将才，有传授衣钵的本领。祝家庄固若金汤的防御工事不会尽是栾廷玉的功劳，但必主要出于他的筹策，这是将才的表现。梁山诸人有门徒者不算少，传授的成绩却很可怜。以林冲武艺之佳，又有当八十万禁军教头的正规教学经验，却仅教出一个勉强算是懂武的曹正来。秦明的徒弟黄信不算太差，但显然不到祝家兄弟的层次。其他如李云教出来的朱富、薛永门下的侯健、宋江调教的孔明孔亮兄弟，就更不必提了。勉强或可和祝家兄弟相较的大概仅有王进的门生史进，但王进不是梁山中人。栾廷玉教出三个不差的门徒，光是这一点就非任何梁山人物所能比拟。

此外还有一个可用的考察角度，就是通过那个为求自保、出卖同门的卑鄙小人孙立去看栾廷玉。拨开品格和在梁山最终排座次时被压到地星组去不说，孙立的武功确是不错。呼延灼攻梁山时，孙立和呼延灼斗上三十余合尚不分胜负，连宋江也看到喝彩（第五十五回）。这绝不是可期望于地星人马的表现。栾廷玉是孙立的同门师兄，武功起码不会比孙立差。

武功以外，还得强调品格。栾廷玉相信师弟，因而中计，正是正派武林人士以己度人、不怀鬼胎的表征。说句实在话，尽忠职守，一心一意地为主人服务，有何错失之处？更何况《水浒》书中从没有说过祝家庄半句坏话。庄主保护自己的财产，保障庄园范围内民众的安全，有何不对？看看《水浒》所说的其他庄园的命运，便知究竟矣。史进的史家庄有足够的防御力量便可抗拒甚至还击少华山的来犯。桃花山下的刘家庄不设防（或设防不足），便只好任由鼠辈周通、李忠欺凌。就算以祝家庄防御工事做得极佳，向又与梁山河水不犯井水，梁山何尝不是凭些微借口便大举兴兵来攻？再看梁山三打祝家庄历时至少两个月，官兵半个影子都未出现过（这也是祝家庄诸人见了孙立假装来援便中计的原因）。在这种环境下求生存，庄

卸飛今番將軍捉得石秀共是七個孫立曰不要壞他

做七輛囚軍裝了與他酒食拳了宋江解京祝朝泰曰

幸得提轄相助想是梁山泊當威便請孫立後堂遼宴

飲歇孫立暗地使卻淵卻闘樂和去後門首出入路

數揚林卸飛見了卻淵卻闘心中暗喜樂和着众人透

消自盜众人知了顧大嫂與樂大娘子在裡面着了房

戶出入門徑至第五日孫立众人都在庄上門行只見

庄兵報今日宋江分兵四路来打本庄孫立曰且不要

慌卓作准備先安排下撓鉤套索逍要活捉死的不筭

庄上民兵披掛了祝朝奉親自上門撓来時見正東上

一彪人馬當先一個頭領林帅行後便是李正阮小二

正西上又有五百人馬當先一個頭領乃是張播張

順正南上也有五百人馬當先三個頭領乃是鎮弘揚

惟本逵四面戰破郊鳴本廷王曰今日不可輕敵我出

园不该聘武师来充实防卫吗？祝家庄为合理的生存要求而设防，栾廷玉忠实地为正义服务，都是铁般事实。因此，栾廷玉不仅是武林高手，而且和其自私卑鄙却终列席梁山忠义堂的师弟孙立不可同日而语。

祝家庄事件过后，梁山陆陆续续收了一大堆不知军人天职为何物，仅懂得在被擒后自保皮毛、掉转枪头的风派降将（呼延灼、关胜、董平、张清等等全是这种没有脊骨的家伙）。比起栾廷玉，他们全都该惭愧得抬不起头来。

祝家庄战事结束时，《水浒》没有明言栾廷玉如何了。他好像死了，又似没有。读者早有察觉到栾廷玉异常威猛和正直可嘉的。明末陈忱续写梁山人物在集团瓦解后的故事为《水浒后传》，就把栾廷玉写进去，说他与尚存的梁山人物意气相投。

最幼稚愚笨之人

——罗真人

　　公孙胜上梁山后，本领无从发挥，待不多久，便借故请假而去，而且根本不打算再返梁山。正巧碰上梁山人马在高唐州用兵失利，被精通法术的高廉弄到一筹莫展，遂有戴宗和李逵奉命远道寻找他下落的节目。

　　找到公孙胜和用虐待其母之法逼他露面并不难，要他的师父罗真人同意他重归梁山集团就不简单。罗真人不赞成公孙胜再惹尘埃。

　　盛怒的李逵夜里暗自携两板斧，直闯道观，斩杀罗真人和道童。罗真人的反应是和李逵玩足整套游戏——假遭杀，让

李逵砍掉两个葫芦；真复活，把李逵吓个半死；出仙帕，空投李逵入知府衙门，教知府视之为妖人，直浇屎尿，然后关入大牢。

等到戴宗有机会和他细说晁盖和宋江的好处，罗真人对梁山组织的态度始有改变，但他仍不肯救李逵。戴宗平心静气，逐一讲完李逵的优点后（耿直、不阿谄于人、无淫欲邪心、不会贪财背义、肯勇往当先），他才慢条斯理地说："贫道已知这人是上界杀星之数……吾亦安肯逆天，坏了此人？"然后遣黄巾力士去救李逵回来。黄巾力士带回李逵时，半空中把他撇将下来，令李逵多受一次皮肉之苦。

最后罗真人终诚心诚意地让公孙胜随戴宗、李逵去解高唐州之困。临别前，罗真人以五雷天心正法授公孙胜，好让他有足够的本钱去对付高廉；另还赠他"逢幽而止，遇汴而还"的八字诀预言。

每次读《水浒》至此，都觉得这一回多的故事（第五十三回和第五十四回开始）莫名其妙，甚至可以说是胡闹透顶。除了把公孙胜找回来，并让他自师父处多学一套法宝外，究竟这个故事，特别是李逵和罗真人对着干的部分，对整体情节的发展起了什么作用？罗真人和李逵之间的活剧本身又有何意义？百思不得其解。

后来读到容与堂本《水浒》第五十三回的李卓吾回尾总评（可能是假货），更感到丈八金刚，摸不着头脑。这条评语中有言："《水浒传》文字，当以此回为第一。试看种种摩写处，那一事不趣？那一言不趣？天下文章当以趣为第一"，又说"每读至此，喷饭满案"。简直胡说八道，无聊当有趣。谁觉得这段故事逸趣横生？谁读必喷饭？评语如此胡诌，因为故事本身一塌糊涂。

首先，删去或简化罗真人戏弄李逵的部分对情节的发展丝毫无损。譬如说，李逵斧砍罗真人时，眼底下出现的却是个被斩为两截、流出白水的葫芦。这突如其来的转变必令李逵吓得目瞪口呆，夺门奔逃。如此教训已足，不必层层升级地不断玩下去。

如果说这些都是为了营造罗真人有法力、有智慧、有德行、神通广大的活神仙形象，这尝试绝对是失败的，还带来反效果。

其次，罗真人未必有预视将来的本领。如果他确知李逵来犯，为何要端坐那儿候教？如此说来，出动葫芦就不仅是恶作剧，还是故意制造罪行。设陷阱是活神仙应有的行径吗？

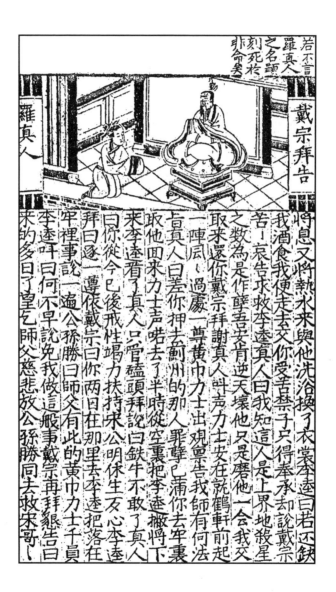

若不言
羅真人
之名顯
刻死於
非命矣

戴宗拜告

羅真人

將息又將熱水來與他洗浴換了衣裳李逵曰若还鉄

我酒食我便走去父你受吾禁子只得奉承却說戴宗

苦！哀告求救與李逵真人曰我知這人是上界殺星

之數為是作孽吾妄肯逆天壞他只是磨他一会我交

取来還你戴宗拜謝真人叶声力士安在就鶴軒前起

一陣凤、過處一尊黃巾力士出現喝告我師有何法

旨真人曰差你押去薊州的那人罪孽已蒲你去牢裏

来李逵着了真人只管蓝頭拜說曰鉄牛不敢了真人

曰你田来力士咋喏去了半時從空裏把李逵撮将下

来李逵看了真人只管臨頭拜說求公明休生友心李逵

拜曰你從今已後戒性竭力扶持宋公明休生友心李逵

牢裡事說一遍公孫勝曰師父有此的黃巾力士千員

李逵呌曰何不早說免我做這般事戴宗再拜懇告曰

来的多日了望乞師父慈悲放公孫勝同去救宋哥、

要是他不能预知李逵来袭，那么葫芦法只是救急法。这情节虽说明他法术不错，却也证实他不是书中企图描述出来的活神仙。

假如他没有预卜的本领，为何又临别赠公孙胜诀语？难道他能预知大事而无法预测小事吗？自己几乎被斩为两段总不能说是小事吧。总之很难替他找出面面俱到的解释。

更难置信的是，他要听了戴宗长达数日的解释才对晁盖、宋江和他们领导的集团产生好感。连已发生之事，而且早和他首席大弟子有密切关系之事，他都所知极有限，他还配预测将来吗？还有，须解释数日才能引导他改变观念，此人之甚顽固亦不难想见。神通广大的活神仙应是很容易接受真理的。

比这更严重的是罗真人玩弄李逵的极端态度。李逵当然犯了轻易嗜杀之罪，但正如上述，倘罗真人有预知之能，他亦得分担制造罪行之责。真正叫他恼恨的，当是李逵没有把他看在眼内。他一定要教训李逵至其心服口服的程度。当李逵挨尽苦头后，肯对他说句："活佛！你何不早说，免叫我做了这般不是"，一定搔中痒处，叫他回味良久。李逵之言也确够深度。假如罗真人肯早早坦诚明言，误会和无妄之灾确应可避免。罗真人的放肆之举，与其说是教训李逵以求达到改造的目标（他步步升级地暴虐李逵时，谁看得出是用心良苦的教育策略和程序），毋宁指为罗真人泄愤性的自求满足。不把一个不承认他伟大的人折磨到衷心佩服不罢休，是何等幼稚的想法，何等愚笨的做法！

还有，当罗真人终肯接受李逵时，他搬出一大套自辩之词，说早知李逵是天星下凡，所以决不会"坏了此人"。虚伪无以过之！

罗真人法术高超，这点不成问题。他极端幼稚和愚笨，智慧远远不及粗人李逵，同样不成问题。

讲完这些，还得解答一问题。罗真人有否改造了轻易杀人的李逵。答案很简单——没有。十多回书后，强人韩伯龙投奔梁山，李逵看他不顺眼，偷袭式地一斧把他砍死（第六十七回）。李逵始终是李逵。罗真人戏弄李逵的故事对整体情节的发展毫无作用，浪费篇幅。这话不是白说的。

或者有人会替罗真人及编写《水浒》者辩，说中外神仙并非务必完美，也不必一定能预言（西方神话人物尤多有明显缺点）。就算我们不反对这观点，也并不等于接纳几乎无止境地给罗真人堆砌缺点以充优点的手法，以及插入一大段与整体情节发展了无关连的故事安排。

最懂得拍马屁之人

——段景住

　　梁山人物不管性格如何，不论本领高低，行事总是直来直往的。纵会阴算谋人，也少借助吹捧虚招。拍马屁不是梁山人物惯常使用的伎俩。

　　梁山确有个马屁精，那人就是金毛犬段景住。这个盗马贼在北地偷得金国某王子所骑的照夜狮子马，回途经过曾头市时被夺去。他搬出马属梁山泊宋公明所有的招数，企图吓人，但不奏效，自己尚幸能走脱。这样的结果，他不甘心。奈何只手单拳，哪有报复之力，便想到干脆把谎言变成事实，拉梁山下水。可是，梁山头目他一个也不认识，如何进行，遂祭起拍马屁的厚颜术。

晁盖虽为梁山寨主，大权却操于宋江之手。这是江湖上谁都知道、并无秘密可言之事。事实虽如此，毫无凭介地跑来山寨求援，总还得给晁盖起码的面子。然而晁盖刚直，未必肯沾手；向他恳求，说不定还会带出反效果。杨雄、石秀投靠时，晁盖欲以假梁山名义偷鸡罪斩决他们，便是显例。行走江湖的段景住不可能对此事无所闻。向自大好胜的宋江打主意，稳算多了。

往山寨前，段景住必已弄清楚晁盖与宋江之间有甘守成和务扩张的基本态度之别，了解实权确在何人之手。既胸有成竹而来，甫抵梁山泊边又巧遇宋江，天时地利人和悉数配合，遂即时当众宣称：在北国偷得大金王子的宝驹，因觉得只有宋公明才配骑，故要送上山寨孝敬宋老爷，岂料曾头市不独夺去此马，还咒骂梁山，声称务要铲除，故甚盼梁山能主持公道。

这番视梁山寨主为透明人的话，宋江听得称心快意，晁盖则闻而冒火。晁盖之怒，怪曾头市侮辱的成分远少于恨宋江凌驾自己的成分。晁盖一改常态，坚持亲讨曾头市，因而导致中毒箭身亡的发展。

拍马屁求收效，行动的目标物要选准。段景住视晁盖这个被架空的首领为无物，不理他对献马说如何反应，直向宋江示好，一击而中，功夫确实了得。

按宋江的性格，如此反应是意料中事，不必细说。要讨论的倒是段景住这番导火线式的话的虚实程度。那匹马被曾头市抢去是事实，段景住是否原确有送宝马给宋江之意则不无疑问。段景住既不认识任何梁山头目，如何得知梁山生活值得向往，因而萌自动落草之念，并想到借献宝马来投靠？只要查看梁山诸人落草的经历，便不难明白自动自发地投奔梁山的可能性究竟有多少。

熟悉梁山生活情况，且入伙后保居高位者如宋江、朱仝，尚要梁山多次拉拢，甚至设计陷害，直至真的到了再无路可走的田地才肯乖乖落草。其他的，哪一个不是因为受到各种环境压力（此等压力不少还是出自梁山设计的）始入伙？即使偶有压力不明显之例，如杨林和石勇，起码也因搭上梁山（或准梁山）人物，随波逐流地终至落草。要把段景住说成是自动自发之孤例非有充分理由不可（自动真诚来归的例子只有一个，就是甫抵梁山境界，即枉死于李逵斧下，成不了梁山头目的韩伯龙）。《水浒》仅以景仰宋江为由，不足服人。道理很简单，段景住在他的行业里是独来独往的龙头老大，绝对没有在落草后际遇如何全无把握的情况下，贸然放弃所有，甘从别人摆布的理由。

《水浒》讲两个神偷。时迁盗物，积小易携。段景住偷马，体积大、会嘶叫、会踢人、会逃脱，盗后还要饲养，要活运活售，难度高多了。盗马外，段景住必还做正常的贩马生意。投靠梁山后，山寨派他带同杨林、石秀（二人均无买卖马匹的经验）到北地去购骏马二百余匹，一下子就完成任务（旋被郁保四夺去，送给曾头市，那是另一回事），可见他十分熟悉马匹买卖这行业。马匹就算是偷来的，在一般情形下，也得卖出去才能有利可图。怎样说，段景住总该在马匹贩卖这一行执牛耳。宁为鸡口，莫为牛后，说他仅为了仰慕宋江便毅然放弃一切，接受梁山这个陌生的大集团无法预测的安排，不合逻辑之极。可见献马云云是事后罗织出来，以便马屁拍得响，足够拉梁山下水的。原先他绝对没有献马的念头。

段景住所以要拍宋江马屁，不过为了难咽下曾头市夺马那口气，致驱使自己走上不归路。只要他冷静想想，尽管那个金国王子的马仅有那匹堪称良驹，其他金国王子也必有宝马可供他再显身手；试试金国皇帝的马房又何妨，挑战性愈高，成功时的满足感也愈大，便会明白不必拘泥那只本来就没有动老本的马匹！

可惜段景住想不开，赶自己入死胡同，不当鸡口，宁充牛后，甘为梁山压榜尾的第一百零八名头目！

陳達 段景住

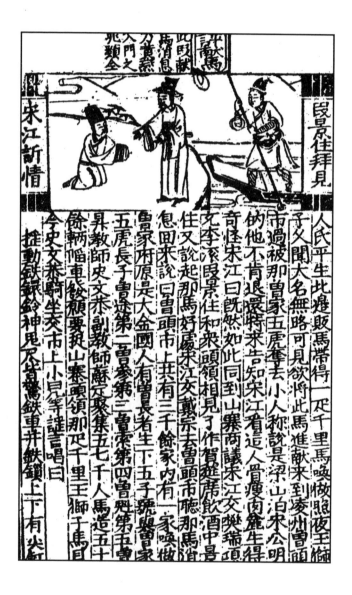

人民平生此疋馹馬販常得一疋千里馬喚做照夜玉獅
子又聞大名無路可見欲將此馬進獻来到凌州曹府
市過被那曹家五虎奪去小人稱說是梁山泊宋公明
納他不肯退還將来告知宋江看近入賣瘦肉麗生
奇怪宋江曰既然如此同到山寨商議宋江交樊瑞頓
文李瑞段景住和来頭領相見了作賀延席飲酒中昌
住又說起那馬市上共有三千餘匹内有一家喚做
曹家府原是大金國人有曹長者生下五子瑦興曹家
五虎長子曹巡第二曹参第三曹索第四曹㷉第五曹
昇教師史文恭副教師蘇定聚集七七千人馬造五十
餘輛陷車銇顧要把山寨頭領那疋千里王獅子馬昌
今史文恭騎坐交市上小兒等謡言唱曰

扫動鉄銇銜神鬼不皆瑞鉄車并鉄鎖上下有尖針

最冤枉的政治牺牲品

——卢俊义

梁山作为个人谋求独处自足的组织，人才配合是生存的必需条件。《水浒》确给读者留下梁山人才济济、各展其能，即使所长有重复也是应所需而安排出来的（如众多打鱼的头目得负起广泛水泊环境所要求的防卫和迎战责任），整体相互组配得几乎天衣无缝的印象。

破坏这印象的竟是在排座次时高居第二位的玉麒麟卢俊义，他是个可有可无得莫名其妙的首脑人物。当领袖，他没有宋江圆通机敏、善用环境、喜玩权术的天分。论谋略，他起不了辅助吴用发挥才能的作用。说背景的优越，他和柴进有很远

吴用智赚玉麒麟

的距离。量武功，梁山阵容中威猛者多的是，添了他未必带来实质分别。谈班底实力，上山前入伙后真正向他归心的始终仅忠仆燕青一人。讲外貌，他不如鲁智深、林冲、朱仝、武松等人的有款有格，容易在读者脑海中构成具触觉的形象。这样一个每款条件虽不差，却没有一项出类拔萃，还姗姗来迟才首次露面（第六十一回）的人物，竟成了这个头目多、人才盛的集团的副首领，而出身各异、品禀殊别的众兄弟也乐于接受卢俊义的名位，岂非怪哉！说穿了，这是对卢俊义冤枉之极的政治把戏。

梁山集团看似万众一心，下层诸众，甚至无法高攀的地星头目，或者尚可以这样说；高层分子，特别是自身才能会带来很大分别的头头人物，却不可以这样说。其中晁盖、宋江两代寨主由相重互敬，转变为面和心不和，较劲由暗而明，终至累及大局，便是最显明的例子。卢俊义这个与世无争的北京大名府员外无端被拖入不归之路，正是通过这个例子才能讲得明白的。

晁盖入主梁山之初，对劫生辰纲事败露后，宋江紧急报信之恩，确是真心感激，故待宋江遇难江州，梁山虽尚羽毛未丰，无远路用兵的能耐，还是选领兄弟游击战式地潜赴江州劫法场。谁都明白，这样孤军出击须见好即收，以免无后援可赖的兄弟遭不必要的危险。宋江获救后却不肯离去，定要大伙留下来，过江捉陷害他的黄文炳，好让他痛快地报仇。救人而被当众抢白，晁盖本无此心理准备，而众兄弟竟全体赞成宋江的看法，整队人马遂浩浩荡荡渡江去替他复仇。那时宋江尚未正式入伙，对兄弟的操制已经如此，怎不叫晁盖寒心！

宋江上山后，形势更是一面倒。自动加盟者都是倾心宋江而来的，连原先随晁盖劫生辰纲的也是亲宋之情浓，尊晁之意薄。这还不算，凡遇出兵攻讨，宋江总会惺惺作态地说，晁哥哥是一山之主，应留守大寨，领兵出战之事由他代劳。这样的事情重复发生得像成了规律，直叫晁盖怒火中烧。到不认识任何梁山成员的金毛犬段景住跑来山寨，向众人宣称，在北国获得宝马，即想到要送给宋江，因被曾头市夺去，故来求助，晁盖眼见自己虽身为天下第一寨的寨主，在江湖上却被宋江的光芒所掩蔽，再也忍不住了。宋江照例搬出寨主当留守的老话，晁盖立意已决，非亲征曾头市不可。结果晁盖面颊中了曾头市教头史文恭的毒箭，奄奄一息而回，旋且一命呜呼。

绕了一个大圈子说话，就是要借此讲出卢俊义不幸遭遇的由来。

晁盖生前对付不了宋江，弥留之际还是给他一记回马枪。本来大哥去世，二哥继任，是古今中外的常规。如果晁盖无遗言，宋江继任，情理均合。晁盖却偏要叮咛，捉得史文恭的才可任寨主。宋江只有杀奸妇的本事，怎能击败武艺高超的史文恭！这番言语毫不隐晦，晁盖不理会谁接任，仅点明"矮黑杀才"不够资格。这不单成了宋江的难题，也是山寨无从善处之事。山寨中固然无别人够资格任此职，也没有人愿意或够胆量当。好一段时间，宋江仅能用代理的名义来处理山寨事务。这就带来须找个既能捉获史文恭，条件虽样样均不错，却没有一样到绝顶层次的人物来化解僵局。这并不是说连林冲、秦明等高手也打不赢史文恭，而是谁会笨到因擒获史文恭而惹来要当大哥的烦恼。

梁山看中的解难人选就是卢俊义。

但卢俊义是个安分守己的员外，与梁山诸人又无任何关系，要他入伙谈何容易。吴用于是专程去大名府，扮相士，骗迷信的卢俊义走往梁山避灾祸（吴用怎知卢俊义迷信，这点就没有解释了）。果然一切顺利，捉了卢俊义上梁山。可是卢俊

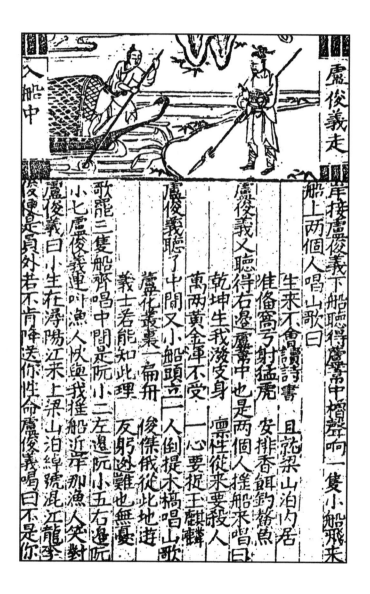

岸接盧俊義下船聽得蘆葦蕩中櫓聲响一隻小船飛來船上兩個人唱山歌曰

生來不會讀詩書　且在梁山泊內居
准備窩弓射猛虎　安排香餌釣鯨魚

盧俊義又聽得右邊蘆蕩中也是兩個人搖船來唱曰

乾坤生我潑皮身　禀性從來要殺人
萬兩黃金渾不受　一心要捉王麒麟

盧俊義聽了中間又小船立一人倒提木撓唱山歌

蘆花叢裏一扁舟　俊傑俄從此地遊
義士若能知此理　友舡泛難也無憂

歌罷三隻船齊唱中間是阮小二左邊阮小五右邊阮小七盧俊義曰小生在潯陽江來上梁山泊綽號混江龍李俊漁人俄與我搖船近岸那漁人笑對盧俊義是員外若不肯降送你性命盧俊義唱曰不是你

义哪有落草的理由，梁山只好乖乖地让他回去（号称智多星的吴用竟看不出此必然结果）。那就引出一段既巧合，又性质重复的故事。

卢俊义之妻与管家有染，借梁山的瓜葛告官，处卢以死罪。随后燕青杀公差救主，遂双双落草梁山。

卢妻不贞，分明是砌出来的故事，而且读来面熟得很，基本上就是病关索杨雄之妻与和尚鬼混的故事的翻版。毛病还不在故事新鲜与否，而是在太巧合了。假如卢妻守妇道，管家又是忠仆，梁山岂非无法拉卢入伙！那么继任的问题如何解决？

连吴用扮相士，骗卢俊义往梁山行的情节也是自话本小说《杨温拦路虎传》（《清平山堂话本》）现成搬过来的。总而言之，卢俊义上山的整个故事全是为了解决宋江的政治难题而强弄出来的急就章。

卢俊义入伙后，梁山才重提搁置已久的旧事，进行报晁盖之仇。随后卢俊义捉获史文恭和与宋江分别带兵攻略城府以决定二人的名位，都只是助宋江完成继任程序的手续罢了。

卢俊义落草梁山既非由于官逼民反，更与个人意愿无关，而是因为梁山要化解特殊政治难题，编写《水浒》者遂通过粗拙的事故，勉强加插他的出场和故事。由奉公守法、安居乐业的员外飞来横祸地弄到家散人亡，变成草寇副首领，卢俊义被牺牲得冤枉之极。

最假得离谱之人

——关胜

《水浒》塑造人物经常依赖样貌的描绘。成功的例子自然有，李逵外貌和性格同样粗野，配合得极恰当，便是很易想得到的佳例。这些例子的成功不仅可以用来解释《水浒》面世以来的长期备受欢迎，其成功的程度甚至足令聪明绝顶的金圣叹说出"（《水浒》）叙一百八人，人有其性情，人有其气质，人有其形状，人有其声口"这种不经大脑的话。

指金圣叹此语为不经大脑，因为梁山头目当中不乏就性情、气质、形状、声口都找不到独特创意的人。在梁山高列总名次之五，且贵为马军五虎将之首的大刀关胜正是这种败笔的

大刀關勝

轄備超群
拜之陵鼻拜
前將軍！

最严重代表。

《水浒》说关胜是关云长嫡裔，样貌看不出分别，连使用的武器、读书的姿态、配套的坐骑，也全和关公一模一样。姿态容许模仿，武器出于选择，配搭武器的武艺可以祖传。这些都不必争辩。但把样貌说成如孪生子一般本已荒谬绝伦，连坐骑也丝毫无别，就简直是肆意侮辱读者的智慧了。

子承父一半是谁都明白的遗传道理。自三国至北宋九百年，起码已历三十代（以三十年为一代计；古人早婚，这已是极宽的算法）。每代除二，一算便知关胜得自关云长者充其量只有一亿七千三百多万分之一！能相似至何程度？

马的寿命比人更短，就算关云长的赤兔马果真在关家逐代巧配，历九百年时光也必传上百代了。关云长与关胜的两坐骑之间的相联程度只可以用细胞的数目去计算，怎可能前后两匹坐骑都是火炭般赤，浑身上下没一根杂毛？

其实这和《水浒》描写关胜为"端的好表人材，堂堂八尺五六身躯，细细三柳髭髯，两眉入鬓，凤眼朝天，面如重枣，唇若涂朱"的情形一样，全是仅稍作更改地抄自嘉靖本《三国志通俗演义》（《三国演义》现存最早的版本）对关云长（及其赤兔马）的形容。塑造人物（且是关键性的重要人物）如此偷工减料，编写者懒到不能再懒。

这个铸硬币般弄出来的人物了无生气，造得再好也只可能是尊泥塑雕像。

梁山人物均有表征式的绰号。编写《水浒》者给关胜来个绰号也处理得马虎之极，仅依所用的武器定名，称他为"大刀"。

这个绰号和给予关胜（以及其坐骑）的相貌形容一样，毛病多得很。简单地说，这个绰号识别性太低了。如果大刀的使用和相配的武艺是祖传的（不然就很难解释，为何隔了九百年关胜仍用大刀），那么家族中历代代表人物以大刀为绰号者岂非早已不知凡几！况且青龙偃月刀虽够特别，一般的大刀却常见，任何使用者都可以绰号大刀。即使仅以《水浒》为限，书中以大刀为绰号者，除关胜外，就还有北京大名府守将闻达。这是毫无必要，只会扰乱读者记忆的重复。

要这尊粗工滥制弄出来的泥雕像在《水浒》中产生预期的作用，不在随意给他堆砌排名第五、居五虎将之首这类虚衔，而是要让他有实质的、足够的表现。关胜的表现远不到此层次。他的领兵来攻并未对梁山构成威胁（前次呼延灼带兵来犯，确教梁山焦头烂额），梁山一下子就把他擒获了。他在战

呼延灼月夜賺關勝

场上的个人表现也平平无奇，除了高挂老祖宗的金漆招牌外，完全没有令人信服他配当五虎将之首的成绩。

关胜出场晚，本已难让读者得到深刻的印象。编写者要安排他成为梁山首脑阶层的人物，就得在样貌、性格、本领上多花工夫，务使他形象独特。岂料所采的门径却是相反的，随便自《三国演义》偷凑些句语，就算满足了视觉上和提供人物背景的要求，让他在战场上稍作进出便当确证他武艺高强了。结果只是做出个假得离谱、名实不符、毫无生气的所谓首脑人物。

最卑鄙的梁山人物

——董平

　　《水浒》读者有一共同的印象，就是真正英雄不好色。没有几个读者瞧得起小霸王周通和矮脚虎王英，原因即在此。这印象并不全对。周通和王英称不上是铁铮好汉，固与他们的好色行径有关，但他们武艺的差劲也该导致负面形象的产生。

　　这样说的理由很简单，因为梁山有好色而居上位之徒。其尤甚者，此人卑鄙下流，既不忠于职守，复不以义待朋友，他却是梁山倚重的五虎将之一。那人就是名列第十五的双枪将董平。

　　董平出场得很晚，梁山大聚义前夕才首次露面。有关他

雙鎗將
董平

一笑
傾城風
流
萬戶
為董平

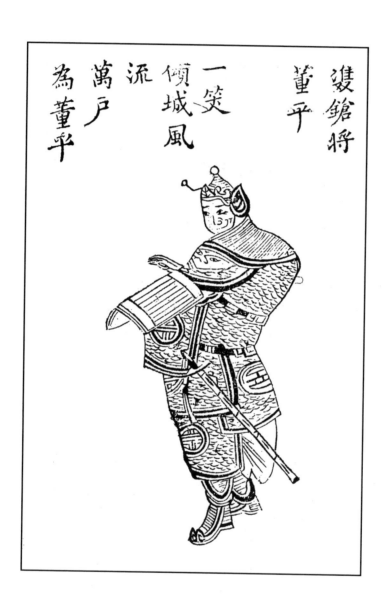

的情节相应不多。在这些有限的篇幅，他给人武艺超卓，勇猛非凡的印象。宋江设法拉他入伙，排座次后更名列五虎将，便成为顺理成章的发展。这些情节的背后却另有一个半隐半现的故事。

为了解决名位问题，宋江和卢俊义分别领兵攻打两座与梁山素来河水井水不互犯的城池——宋江讨东平府、卢俊义伐东昌府。《水浒》先讲宋江一组的行动，因而带出董平。

对于善使双枪的东平守将董平，宋江采先礼后兵之策，希望通过下战书可以不战而招纳之。与董平有交情的险道神郁保四，连同入伙不久的活闪婆王定六自动请缨而去。跋扈寡义的董平既不理善待来使的成规，也不管友朋旧情，把郁保四和王定六打得皮开肉绽，推出城外。董平这样做，或会有人解释为其善恶分明，以守土为军人天职的表现。倘真如此，无情无义之举尚可视为一时鲁莽。

董平其实在造势，好让掌东平府民政的太守知道只有他才有抵挡梁山侵犯的本领。一府之事，文武二员合力承担，按事分劳，本无临危较劲、争认威猛的必要。董平来这一套是有企图的。原来太守程万里有个十分漂亮的女儿，尚未娶妻而自喻为"风流万户侯"的董平屡次求亲，程太守始终不允，因此董程二人一向关系不佳。待梁山来犯，城若被攻破，后果不堪想象，董平竟有心情乘机再提亲事。这分明变成要挟了。

面对内外交煎的程太守哪敢再明表推却，只能用拖字诀，说危险过后再议亲不迟。董平见程太守在这种情况下仍不答应，知婚事已无望，十分不高兴。不管事情以后如何发展，谁看得出董平的举动有丁点儿武德风范；看得出的倒是自私自利的心肠，挟公营私的阴谋。

董平在交战之初稍得小胜后，便被宋江集团擒获。他立刻掉转枪头，带梁山人马攻入东平。《水浒》故事讲述至此，政府军官不知军人天职为何物的情节已重复出现过好几次了。此等风派军官有机会杀败梁山人马、建立功名时，和梁山诸人拼杀绝不手软；一旦为宋江所获，便摇身一变成为替天行道的忠义信徒，狠击旧主。董平在这方面并不见得比呼延灼、关胜、单延珪、魏定国等风派降将更卑劣。但随后发生的事则荒谬绝伦——《水浒》抬捧卑鄙淫贼为英雄好汉！

董平攻入东平后，直闯太守府，杀尽程太守一家，仅留下那女儿供其泄兽欲。《水浒》没有说这位可怜的程小姐以后如何。其实不说也罢，倘非以自尽为脱苦之方，她在往后的日子里除了充当杀父灭家仇人的性玩具外（不管董平会不会给她名

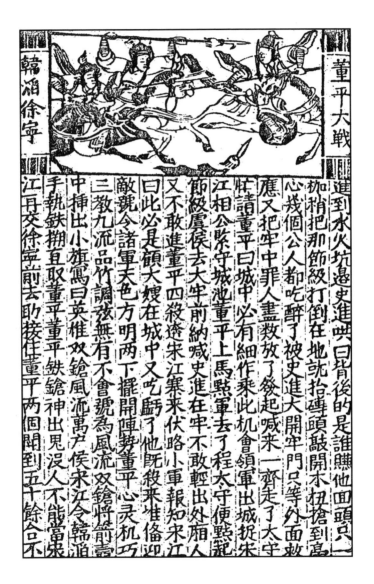

董平大戰

韓滔徐寧

進到水火坑邊史進唤曰背後的是誰賺他回頭只一枷稍把那節級打倒在地就抬磚頭敲開木枷搶到高心殺個公人都吃醉了被史進大開牢門只等外面救應又把牢中罪人盡數放了發起喊來一齊走了太守忙請董平曰城中必有細作乘此机會領軍出城捉宋江相公緊守城池董平上馬點軍去了程太守便點蹤節級虞候去大牢前納喊史進在牢不敢輕出外廂人又不敢進來董平四殺遶朱江寨來伏略小軍報知來江曰此必是領大嫂在城中又吃虧了他既殺來惟僞迎敵覷見諸軍夫色方明兩下擺開陣勢董平心靈机巧三教九流品竹調弦無有不會覷為風流双鎗將前壽中插比小旗寫曰英惟双鎗風流萬戶侯來江令韓滔手執铁糊豆取董平铁鎗神出鬼沒人不能當來江母交徐寧前去助接住董平兩個鬪到五十餘合不

分），还有什么别的可能发展？

以前鲁智深看不过眼镇关西要强纳弱女为妾，三拳送他归西；不能忍受周通强娶刘庄主女儿的横蛮行径，便狠狠地教训了他一顿。这些恶煞再坏，都起码没有因要满足性欲而盲目大开杀戒。董平坏的极端程度由是可见。

虽然董平卑鄙之极、下流之尤，梁山集团中却无一人斥责他，更不要说动手教训他一顿（没有几人能打得赢他，也是事实）。《水浒》在较早的章回虽偶讲些在不涉及个人恩怨下教训甚至击杀淫虫的故事，但山寨所采的行动不仅从来不理这一套，还酬好色短义低能的王英以美人（扈三娘）。山寨这种尚实质效果，和因人而施的立场，怎会不影响兄弟们的心态？迟迟到了董平入伙，兄弟中连素来疾恶如仇者（如鲁智深、武松）也麻木起来，视而不见了。郁保四和王定六被毒打后，宋江信誓旦旦，说定要替他们泄愤。到有望招得董平入伙时，他怎会为了这两个无足轻重的下层兄弟去开罪一级高手，以前的话全当没说过了。众兄弟看在眼里，谁还敢多嘴乱说话（连说话不经大脑的李逵也不开口）？

《水浒》传达的信息很明显。好色、自私、卑鄙等劣行虽是低能者难以洗脱的缺点，要是这些劣行和武艺高强、肯投效梁山等情况合起来看，就显得微不足道了。看不起周通和王英的读者不乏其人；讨厌董平者却没有几个。连聪明绝顶的金圣叹也不例外。当董平趁兵临城下威胁程太守时，他竟加评语说："妙！妙！真英雄，真风流！"或者这就是《水浒》成功之处——令读者不假思索地接受它的诠释。

最荒谬的人物配搭

——政府军官的组配

　　三打祝家庄以后，梁山集团羽毛已丰，遂成为中央政府征讨的对象。双方之此往彼来，以及梁山之开始对城市发动正面攻击（以前江州劫法场一类行动只是游击性的），大大增加了政府军官出现的频度。出现的次数增加了，便看得出一个极不寻常的现象。军官的组配太机械化了，数目又不合逻辑和欠缺变化，特征复会无故统一。

　　先看看地区性的守将吧。

　　北京大名府（今河北省大名县）辖十一县，是北宋四京府之一，故《水浒》安排太师蔡京把此地太守这肥缺留给女婿梁

霹靂呼延灼

將門之子靴韉令史

中书的情节。守卫这地位仅次于国都的大郡之责由急先锋索超、大刀闻达、天王李成（后二人亦猛将，但一心护主，并无投奔梁山）三人来负担。

次一级的地方可以青州（领六县）为例。守将有霹雳火秦明、镇三山黄信和小李广花荣。三人有级别之分，但基本上是各有职守，并没有主从的关系。青州是个盗贼如毛之地，况且知府是徽宗贵妃之兄，身份特殊，故此地多配强将，说得过去。

大聚义前夕，卢俊义带兵攻打的东昌府虽不属这层次（连太守姓什么，《水浒》也懒得交代，更不要说道出其名字），却不仅配备三名守将，所用的组合更是别具意义的（详后）一天星（没羽箭张清）配二地星（花项虎龚旺、中箭虎丁得孙）方式。只要看看随后所讲东平府的情形，便知此事之绝不合理。

从《水浒》的内在逻辑去看，东平和东昌二府只应是相当对等的，不然宋江和卢俊义各领同样兵力去分攻此两城府以决定二人之名位便成了骗局。但东平只有董平一员守将。按道理，东昌这层次的地方只应配守将一名。

在这四个属于三个层次的地方当中，有三处各有三名守将。此点显示出《水浒》的编写人对"三"之数特别有兴趣。仅做地方之间的比较，固已能察觉此毛病，若连同中央政府方面的情形去看，不合理的程度就格外分明。

中央第一次遣军征梁山，阵容是一名天星主将（双鞭呼延灼）配两名地星副将（百胜将军韩滔、天目将彭玘）。另外加配的轰天雷凌振是支持性的技术人员，并不归入领导人物之列。第二次的政府征讨军亦由一天星主将（大刀关胜）和两地星副将（丑郡马宣赞、井木犴郝思文）组成领导阶层。中央两次派兵出征，将领的规模竟与东昌这鲁西一般城府的平常守卫力量没有明显分别！真要找分别的话，或者可以说，张清的两名副将在大聚义后，名次排得比呼延灼和关胜的副将低。就算这分别能成立，这也是大聚义以后才出现的情况，中央分次遣兵时并不能这样说。

到中央第三次出兵讨伐梁山时，情形就更荒谬，仅由圣水将军单廷珪、神火将魏定国这对地星级活宝贝来带领。这就是说，中央这次出兵所动用的将才还比不上平常驻防一个非边疆的普通城府者。

《水浒》的编写人既不理解地方武备应与城府的重要性成正比例，复不明白中央政府出兵应和地方性的平常守卫力量有相当大的差距。比这些还要严重的是不理会北宋强干弱枝的军事政策。怎可能每次用兵都是将自弱枝出，主将和副将必从与梁山地域无关的地方守军中抽调，致使选来选去悉为都统制（呼廷灼）、巡检（关胜）、团练使（韩滔、彭玘、单廷珪、魏定国）、兵马保义使（宣赞）之属。其中所谓都统制，按宋制只是出兵时所用的虚衔，而不是平常的实职名。郝思文之例更绝，他是个无官职的闲汉，竟一跃而成为征伐军的副将！

这种荒唐事，除了导源于编写《水浒》者的常识不足外，更肇因于其太喜用三人组合的方式去处理归并梁山前的小单位。甫开卷，便见到少华山为神机军师朱武、跳涧虎陈达、白花蛇杨春三强人所占据。其后见到的清风山（锦毛虎燕顺、矮脚虎王英、白面郎君郑天寿）、饮马川（铁面孔目裴宣、火眼狻猊邓飞、玉幡竿孟康）、芒砀山（混世魔王樊瑞、八臂哪吒项充、飞天大圣李衮）各小山寨，领袖层悉用三个头目的方式去组成。大家不要忘记，石碣村的阮氏兄弟（立地太岁阮小二、短命二郎阮小五、活阎罗阮小七）也是个三人组。并入梁山前夕的二龙山有头目七人，看似是个大例外；其实只是变式，那七人分为大头目三人（花和尚鲁智深、青面兽杨志、行者武松）、小头目四人（操刀鬼曹正、金眼彪施恩、菜园子张青、母夜叉孙二娘），仍是以三为先。

加上前述军官组配常以三人为单位，三人组的方式怎样说

三百子

没羽箭張清

唐衛士烏姓弛死廟貌而祀一百零八家

魏定國
單廷珪

也是重复用得太厉害了。

编写《水浒》者唯恐齐一性尚不够糟，在排座次时还要强调这特色，把原本三人组的地星成员尽可能排在一起（天星成员的性格和个人事迹较明显，不易强凑）：宣赞（排名第四十）、郝思文（第四十一）；韩滔（第四十二）、彭玘（第四十三）；单廷珪（第四十四）、魏定国（第四十五）；项充（第六十四）、李衮（第六十五）；陈达（第七十二）、杨春（第七十三）。各人之间可能有的分别都因而大大被削减了。

这一连串的愚笨编写策略所导致的结果很明显——给书的变化程度套上毫无必要的限制。这还不算，编写者尚要给自己另设咒箍。

张清的两员副将龚旺和丁得孙并无丝毫家族和师承上的渊源，怎会两人均用互相配合的奇门武器——一人马上使飞枪，一人马上使飞叉。这事固然可以勉强解释为张清千方百计找来配搭的。可是，地方守将可以操制资源和名额去访求及聘用副将吗？更重要的是，龚旺和丁得孙在满足使用特种武器本领高强的条件外，还有几乎一样的什么虎的绰号（绰号这玩意，人称者多，自封者少，光是这一项条件就极难强求），和十分相类的身体特征（一个浑身刺了虎斑，一个面颊连项都有疤痕）。

有搬出这样极端的巧合的必要吗？

况且这法宝早已祭出过一次。在芒砀山坐第二、第三把交椅的项充和李衮同样在没有家族和师承关系的背景下，都使用团牌配二十四把飞刀或标枪，连绰号也极相近。为了增加书中的变化，上演一次极度违反逻辑的玩意，也许无伤大雅。一模一样地再来一次就绝对是庸拙的表征。

《水浒》有很多气势万分、扣人心弦的故事，和刻塑入微、性格活现的人物。但在欣赏《水浒》的优点之余，我们不应忘记这是一本瑕瑜互见的书。明白了此书确有不少欠妥之处，才能实事求是、就书论书，了解这部名著的过人之处。

彭把
韓滔

插图来源说明

　　容与堂本《李卓吾先生批评忠义水浒传》内文页 005、015、017、022、023、028、029、037、047、050、051、077、084、088、100、107、109、110、117、125、129、131、148、163、175。

　　万历《京本全像插增田虎王庆忠义水浒全传》内文页 059、082、122。

　　双峰堂《京本增补校正全像忠义水浒志传评林》内文页 006、040、064、069、070、091、098、144、151、160、167、181。

　　袁无涯、杨定见《忠义水浒传》内文页 065。

《水浒叶子》内文页 012、026、036、046、074、096、106、114、128、162、172、186、190。

　　《水浒人物全图》内文页 078、115、159、191、194。

　　《绣像第五才子书》内文页 178。

　　《结水浒传》内文页 003、140。